中华远古神话衍说
三皇五帝

刘勤 等著

女娲神话

创世之母

生活·读书·新知 三联书店

Copyright © 2020 by SDX Joint Publishing Company.
All Rights Reserved.

本作品版权由生活·读书·新知三联书店所有。
未经许可,不得翻印。

图书在版编目(CIP)数据

创世之母:女娲神话/刘勤等著.—北京:生活·读书·新知三联书店,2020.8
(中华远古神话衍说·三皇五帝)
ISBN 978-7-108-06767-8

Ⅰ.①创… Ⅱ.①刘… Ⅲ.①神话—作品集—中国 Ⅳ.①I277.5

中国版本图书馆CIP数据核字(2020)第024828号

责任编辑	徐旻玥
封面设计	刘 俊
责任印制	黄雪明
出版发行	生活·讀書·新知 三联书店
	(北京市东城区美术馆东街22号)
邮 编	100010
印 刷	常熟高专印刷有限公司
版 次	2020年8月第1版
	2020年8月第1次印刷
开 本	650毫米×900毫米 1/16 印张 14
字 数	133千字
定 价	43.00元

总　序

小时候，听长辈讲长征的故事，通常会这样开始："自从盘古开天地，三皇五帝到如今，历史上还从来没有过我们这么伟大的长征……"那时觉得盘古开天、三皇五帝等传说，离我们很遥远很遥远，有一种悲壮、辽阔、深邃的感觉，却是深深地刻印在心底。后来知道，那是中华民族壮丽史诗的开篇，不由得萌生出一种很崇高的感觉。

盘古开天的故事，早在两汉后期的史书中就有记载。据说当时天地一体，混沌难分。盘古君龙首蛇身，嘘为风雨，吹为雷电，开目为昼，闭目为夜。后来，他的故事在民间传播得更加神奇，说是一天醒来，见四周黑暗，他便抡起大斧劈开去，混沌的天地就这样被分开了。此后，他的呼吸，他的声音，他的双眼，他的四肢，还有他的肌肤，化作流动的风云,震耳的雷鸣,明亮的日月,辽阔的大地,奔腾的江河……从此,盘古就成为后人心目中开天辟地创造人类世界的始祖。

三皇的记载,众说纷纭。李斯的说法很权威。《史记·秦始皇本纪》载李斯的话说:"古有天皇、有地皇、有泰皇。"这样说又很笼统,于是又有人把它坐实,出现了女娲、燧人、伏羲、神农、祝融等具体人名。至于五帝,分歧就更多了。司马迁依《世本》《大戴礼》,以黄帝、颛顼、帝喾、唐尧、虞舜为五帝。而孔安国《尚书序》、皇甫谧《帝王世纪》、孙氏注《世本》,则以伏牺、神农、黄帝为三皇,少昊、颛顼、高辛、唐尧、虞舜为五帝。

在中国人的心目中,三皇五帝是华夏各民族的始祖,围绕着他们的各种神话传说格外丰富。如"绝地天通""羲和浴金乌"等,反映了人类早期通过幻想对天地宇宙、人类起源、自然万物的探索;"仓颉造文字""嫘祖始蚕桑"等神话故事既充满幻想,又很接地气;"后羿射骄阳""青要山武罗"等故事主人公敢于抗争,锲而不舍,体现出一种为大我牺牲小我的精神;"象罔寻玄珠""许由拒帝尧"等故事,描写的虽是身边琐事,但蕴含的却是大道理。这些故事,散见于群籍,需要有人作系统的整理,让更多的读者去理解、去欣赏。早年,沈雁冰(茅盾)先生著《中国神话研究》说:"中国神话不但一向没有集成专书,并且散见于古书,亦复非常零碎,所以我们若想整理出一部中国神话来,是极难的。"上世纪八十年代,袁珂先生筚路蓝缕,系统地研究中国神话,推出了一系列成果。其中《中国古代神话》是一部普及性的读物,从世界是怎样形成的开始,分十章描述了女娲补天的壮举、黄帝与蚩尤的战争、帝舜与帝喾的传说、嫦娥奔月的故事、鲧禹治水的功绩等,初步梳理出了中国远古神话的发展线索。同是蜀人的刘彦序君耗时十载,踵事增华,编纂了这部《中华远古神话衍说·三皇五帝》,继续完成这项"极难的"整理工作。作者以大家所熟悉的"三皇五帝"为纲,从创世之母,女娲神话说起,依次叙述了伏羲、神农、黄帝、颛顼、帝喾、尧帝、舜帝等与其臣僚、配偶、子嗣、敌友的错综关系以及相关神灵故事和神话传说,将纷繁复杂的远古神话故事,条分缕析,构成八个系列,广泛涉及文学、神话学、民俗学、宗教学、美术、音乐、教育学、心理学等多个学科,充分吸收近年来学术界的研究成果,多有创获。

首先是体例新颖。八个系列包含了八十篇故事。每篇分为四个部分,即"原典""今绎"(故事)"注释"和"衍说"。每则故事,都是基于作者的综合研究,用简练、诗化的现代语言讲述出来。"原典"既包括神话原典,也包括学界成果,说明"今绎"的故事,言必有据。"注释"是对故事中的一些疑难字词加以注音释义,尤其是一些神话人名和地名。作者在叙述中华远古神话传说演变的过程中,又站在

"如今"的立场上,从历史学或神话学的角度,对这些神话故事进行了专业"衍说",一则交代神话故事及相关背景、历史事件、象征意义,二则阐释经典神话中的审美价值、教育意义。这种结构方式,使得这部著作别开生面,不仅能为普通读者,特别是青少年读者所接受,就是对于各行各业的成年读者来说,也具有相当积极的参考意义。

其次是立意高远。这套书有别于传统的耳熟能详的神话叙述方式,而采用多种形式,对中华远古神话进行独特深入的挖掘,拓展丰富了神话的内容和形式,揭示出我们的先民在创业过程中的艰辛劳作、丰功伟绩以及留给后人的启迪。如尧帝篇"偓佺献松子"的故事,作者在"衍说"中指出,人生的价值不止于长生,甚至可以说,相对于精神的不朽,肉体的长生就显得黯然失色了。人是要有一种精神的,这是我们的基本信念。所以司马迁在《报任安书》中说:"人固有一死,或重于泰山,或轻于鸿毛……"《老子河上公章句》也说:"人所以生者,以有精神。"又如感生神话,突出母子之爱;嫘祖神话,突出勤劳勇敢、乐于助人;夔神话,突出"多行不义必自毙";玄珠神话,突出正心诚意、无为而为;武罗神话,突出为了大我而牺牲小我的抉择。很多神话传说,蕴含着丰富的爱国主义、推己及人、悲悯人生、团结友爱、英雄主义等情怀,给现代教育增添了新的血液。

第三是雅俗共赏。作者满怀激情,通过诗意的语言,将遥远的神话传说带到当下。全书还配以大量插画，以普通民众喜闻乐见的方式传达深刻的人生道理，充满了诗情画意。人物的面貌与服饰，唯美、怪异、神秘，呈现出典型的东方色彩，营造出了神秘的神话氛围。图文并茂，生动活泼。通过这些神话故事，作者试图说明：神话的美，不仅在于它的奇幻和瑰丽，更在于它所体现出来的对人类的终极关怀。中华远古神话反映出人类共同的心理需求，是人类把握世界、认识世界的一种方式，也是一种重要的文化力量。

读罢全书，我很自然地就会想到毛泽东同志在《论反对日本帝国主义的策略》中说过的话。在这篇文章中，他把中国工农红军的伟大长征与盘古开天、三皇五帝联系起来，说自从盘古开天地，三皇五帝到如今，"我们中华民族有同自己的敌人血战到底的气概，有在自力更生的基础上光复旧物的决心，有自立于世界民族之林的能力"。中华民族在漫长的发展进程中，逐渐形成了共有的文化血脉。维护国家的统一，追求民族的昌盛，满足人民的幸福，是我们这个古老民族的根本所系，更是我们民族的精神象征。从这个意义上说，重新解读、理解三皇五帝的故事，其实也是一种寻根，就是要从根本上追寻我们这个古老民族的文化基因，固本培元，凝心铸魂。后世的中华帝王庙，往往以炎黄二帝作为华夏始祖，正是中华民族不忘本来、开创未来的象征。我们的文化教育工作者，就是要像总书记所要求的那样，通过自己的专业知识,从根本上讲清楚我们国家和民族的历史传统、文化积淀、基本国情;讲清楚中华文化积淀着中华民族最深沉的精神追求,是中华民族生生不息、发展壮大的丰厚滋养;讲清楚中华优秀传统文化是中华民族的突出优势,是我们最深厚的文化软实力;讲清楚中国特色社会主义植根于中华文化沃土、反映中国人民意愿、适应中国和时代发展进步要求,有着深厚的历史渊源和广泛的现实基础。

诚如作者所说,神话是一个民族的"本",是人类的"本"。我们需要从三皇五帝的故事传说中、从中华优秀传统文化中汲取养分和智慧,站稳脚跟,自觉延续文化基因,增长民族自尊心和自豪感。这是中华民族生存发展之本,凝心聚力之魂。今天的中国人,正豪迈地行进在新时代的伟大长征途中。在我们每个人的背后,都有一个长长的影子,那不仅仅是个人的身影,还有着厚重的民族文化的底色。刘彦序君通过独特的著述方式,把遥远的三皇五帝,清晰地展示在我们面前,如此近切,如此生动,有助于我们更好地理解我们的过去、现在和未来,也有助于我们更好地理解自己。

正基于这样的认识,我积极推荐《中华远古神话衍说·三皇五帝》。

刘跃进
己亥岁末写于京城爱吾庐

开 篇

人的历史,不仅有物质的历史,更有共尊共传的精神史。

神话,是一个民族的记忆和血性,也是人类共同的智慧和梦想。

再也没有比神话更惹人争议的事物了。这里我不去说它饱含的复杂理论和深奥学问,我关注的是人与神话本身。

古往今来,不知有多少文人骚客钟情于神话。庄子演神话为寓言,李白借神话抒逸篇,干宝铸伟史于志怪,松龄寄情怀于狐仙。经、史、子、集中,哪一处没有神话的身影?及至当代,神话又变换身姿,通过影视、新媒,一再地被创造、演绎并发酵。

神话并不仅仅是以一种高高在上的姿态存在,实际上更多时候,它是"随风潜入夜,润物细无声"般地融入我们生活的方方面面。比如,我们即使知道自己是父母所生,却仍骄傲地称自己为"龙的传人"。神话已然成为一种符号、象征,以及打上了民族烙印的精神寄托。

曾几何时,中国神话"零散、不成系统"的结论,似乎已经由老一辈神话学学者和民俗学家的阐释,深入人心。曾几何时,中国人艳羡希腊北欧神话,感叹我们的永久性缺失。然而,经过多年的神话研究我才发现,中国神话并不寥落,只是亟待钩沉和连缀,亟待唤醒并将其转变为一股催人奋发的力量。

不可忽视,在浩如烟海的中国古籍中,频频出现神话;而今华夏大地上,仍不断地滋生着新的神话。如梦,如烟,如螭龙,如钟磬,谁能摹状它的奇美灵动、它的细微浩瀚、它的庄严怪诞? 它似乎始终有一种摄人心魄的力量,让人努力地超越"人"的世俗,而走向神圣的境地。

近半个世纪的神话学研究,在相近学科的成长之下,迎来了短暂的辉煌。一批神话资料的整理、分析和研究,以及比较研究,都取得了可喜成绩。然而,如同大部分社会科学的科研成果一样,它们被束之高阁,远离众生,自然也难以为人们所接纳。我们的此套丛书,算是科研转化的开山之作吧!

20世纪80年代前后,曾有一批知名画家为神话画过插图,付梓即成经典。后来,出版社不断翻印,可惜无论在形式还是内容上,40年来实在没有实质性突破。所以至今大家耳熟能详的仍然莫过于《盘古开天》《女娲补天》《精卫填海》《后羿射日》《嫦娥奔月》等寥寥几篇而已,大量神话无处寻踪,又或杂糅后起传说故事、童话、鬼话以及西方神话寓言故事,在时间、类别、精神、体系上完全不加甄别,引起读者的混淆。但是,值得注意的是,这寥寥几篇神话自诞生以来被万千次地引用,蕴含其中的中华文化基因和精神特质,每每让读者升起民族自豪感,产生奋起前行的活力。这又足以说明,中华神话作为民族文化之经典,即使过去千年,不仅不会褪色,反而如醇酒,历久弥芬。

因此,对中华神话的深入挖掘、整理,重新架构中华神话的完整体系,展示中华民族生生不息的文化基因和精神特质,是一项亟待进行的重要的文化工作。

"中华远古神话衍说·三皇五帝"即是首次对中国神话进行独特的挖掘、整理、改编、注解、评说的系统文化工程,前后耗时十载。丛书以"三皇五帝"为纲。

所谓"三皇五帝",就是"三皇五帝时代",又可称为"神话时代""上古时代"或"远古时代"。近现代考古发掘证明,这个时代很有可能如传说那样存在过。但是,"三皇五帝"的世系属后人伪造,所列顺序也并非是前后相继的关系。然"三皇五帝"之称由来已久,它承载着相当丰富的神话、历史信息,也经历了从神化到人化,再从人化到神化的复杂过程。至于"三皇五帝"到底是哪"三皇"哪"五帝",历来众说纷纭,莫衷一是。

先来说"三皇"。"三皇"之称,说法众多,如天皇(伏羲)、地皇(神农)、泰皇(少典)、人皇(少典)、燧人、伏羲(太昊)、神农(炎帝)、女娲、黄帝、共工、祝融等。在此聊举三种。一说是燧人、伏羲、神农（见《尚书大传》《风俗通义》《白虎通》）；一说是天皇、地皇、泰皇（见《史记》），或说天皇、地皇、人皇（见《春秋纬·命历序》）；还有说是伏羲、女娲、神农（见《春秋纬·运斗枢》《春秋纬·元命苞》）。迄今为止，学术界普遍认为，人类历史上最早出现的神灵皆为女神，后经父系社会的改造而男性化、男权化，"三皇五帝"也是如此。故今在选择"三皇"时，采用汉代纬书《春秋纬·运斗枢》《春秋纬·元命苞》的说法，并将创世女神女娲置于三皇之首。

再来说"五帝"。"五帝"之称，说法也多。如黄帝、颛顼、帝喾（高辛）、尧、舜、大皞（伏羲、太昊）、炎帝、少皞（少昊）、青帝（太昊）、白帝（少昊）、赤帝（炎帝）、黑帝（颛顼）等。在此聊举三种。一说是黄帝、颛顼、帝喾、尧、舜（见《国语》《大戴礼记》《吕氏春秋》《史记》）；一说是宓戏（伏羲）、神农、黄帝、尧、舜（见《战国策》《庄子》《淮南子》）；一说是太昊、炎帝、黄帝、少昊、颛顼（见《礼记》《潜夫论》）。以第一种说法最多，故今从其说。

此外，"三皇"与"五帝"的搭配又有多种；"三皇五帝"与诸多神灵的关系也纷繁复杂。比如，黄帝、炎帝、蚩尤之间的关系，神农与炎帝之间的关系，夸父、蚩尤、炎帝、祝融之间的关系，颛顼与少昊之间的关系错综复杂，一直都是研究上古史最大的疑案、悬案。

又如，长期以来，炎帝和神农合而不分。但《史记·五帝本纪》说"神农氏世衰"才有轩辕黄帝之世作，《国语·晋语四》又说:"昔少典娶于有蟜氏,生黄帝、炎帝。黄帝以姬水成,炎帝以姜水成,成而异德,故黄帝为姬,炎帝为姜。"可知,炎帝绝非神农,也不存在后裔或臣属关系。于此,崔述在《补上古考信录》中已有详论,兹不赘述。

那两者又为什么在后来合称不分了呢?"神农",顾名思义,是反映远古农业部落时代之称号,其神格与农业密切相关。故《风俗通义》说他"悉地力,种谷蔬,故托农皇于地"。《礼记·月令》也说,季夏之月"毋举大事,以摇养气,毋发令而待,以妨神农之事也"。而炎帝又为两河地区冀州中南从事农业生产部落之首领。大概正因为两者的业绩都与农业密切相关,又都似与黄帝部族有"对立"关系,故后来合二为一,长期以来不加分辨,便难分彼此了。

因此,本书钩沉古籍,对此虽有一定分辨,但考虑到两者的长期互融互渗现实,尤其是炎、黄的"对立"关系早已被弱化处理,所以作者有时也进行折中处理。再加上,本丛书"三皇五帝"中,神农为三皇之一,而炎帝未被列入,因此炎帝的故事被适当整合到了神农系列中。比如,在注重神农对于医药、五谷贡献的基础上,也不回避掺入炎帝的故事,唯其如此,才应是最"真实"的神话吧!

总之,本丛书以"三皇五帝"为线索架构故事,共80篇故事。每篇在体例上分为四个部分,即"原典""今绎""注释"和"衍说",颇具创新。"原典"是"今绎"改编的主要依据,既包括神话原典,也包括学界成果;"今绎"是科研转化的成果,是基于"原典"的改编,以简练、诗化的语言进行传述;"注释"是对文中疑难字词的注音注义,便于读者疏通文义;"衍说"是从历史学或神话学的角度,进行专业性和知识性的拓展,便于读者对中国神话有更加深入的认知。

改编所依据的原典遴选自上百种古籍,参考了后世研究文献和当今前沿成果,学术依据充分。改编时充分挖掘原典的精神内涵和想象空间。故事设置波澜起伏、耐人寻味。对每个故事的评说,力求见解独到,能给读者以启发。显然,本丛书在中国神话改编中所具有的创新性和前沿性,将为中国神话的接受和传播开创更为广阔的空间。

正所谓"本立而道生",神话就是一个民族的"本"、人类的"本"。神话本身所具有的认识功能、审美功能、符号象征功能,必将给我们以及后世子孙提供不竭源泉。中华民族诚然是一个博大坚韧、自强不息、富于希望的民族,这难道不是神话祖先和文化英雄们立人立己的精神为我们留下的璀璨瑰宝吗?

"问渠那得清如许,为有源头活水来。"江河东去,日月西行;回溯神话,云上听梦,不仅仅是探奇求胜的奇妙之旅,更是回归本心的家园之依啊!

彦序 上颐斋

2018 年 8 月 31 日

目录

总序/刘跃进 | 1

开篇 | 1

绪言 | 1

尸化万物 | 1

【原典】 | 3
【今绎】 | 4
【衍说】 | 16

夸父逐日 | 19

【原典】 | 21
【今绎】 | 23
【衍说】 | 36

女娲造人 | 39

【原典】 | 41
【今绎】 | 42
【衍说】 | 55

女娲补天 | 59

【原典】 | 61
【今绎】 | 63
【衍说】 | 76

女娲斩黑龙 | 79

【原典】 | 81
【今绎】 | 82
【衍说】 | 97

女娲正地维 | 101

【原典】 | 103
【今绎】 | 105
【衍说】 | 118

女丑祷求雨 | 121

【原典】 | 123
【今绎】 | 124
【衍说】 | 133

忠贞的浮游 | 135

【原典】 | 137
【今绎】 | 138
【衍说】 | 149

赤豆打鬼 | 153

【原典】 | 155
【今绎】 | 156
【衍说】 | 168

九头相柳 | 171

【原典】 | 173
【今绎】 | 175
【衍说】 | 189

后记 | 193

绪　言

　　在我国神话谱牒中，女娲是一位家喻户晓、妇孺皆知的创世女神。她"人面蛇身，一日中七十变"，后世称誉为"古之神圣女，化万物者也"。从现存文献及口耳相传的资料来看，女娲以其神奇之力化育万物、造人补天，故有"大母神"之称；因置婚姻，媒妁嫁娶，又有"皋禖之神"或"高媒之神"之谓。女娲以其不凡之举，聚天地神明，成就创世伟业，具有承续子嗣之功。从而弥补了盘古开天辟地之后的寂寥与空荡。

　　混沌初开，天地之间动静无常；刚柔相摩，八卦相荡。一派生机无限的局面，时时刻刻都会映入女娲的视野。面对茕茕孑立、形影相吊的窘况，她便仿照自己的容颜，抟黄土而造人。《太平御览》卷七八引《风俗通义》记载："俗说天地开辟,未有人民,女娲抟黄土作人。剧务,力不暇供,乃引绳于絙泥中,举以为人。"一个个精心捏制的小人儿,在女娲神力的护佑下,蹦蹦跳跳、活力四射。当自己"力不暇供"之时,她举起绳子抽打着生机无限的泥土,于是这些富有生命力的泥土也成了手舞足蹈的小人儿了。与此同时,天上诸神也都以不同的方式来帮助女娲造人。《山海经·大荒西经》载:"有神十人,名曰女娲之肠,化为神,处栗广之野,横道而处。"《淮南子·说林训》则称:"黄帝生阴阳,上骈生耳目,桑林生臂手,此女娲所以七十化也。"诸多神灵的参与,促成了"人首蛇身"的女娲战胜了寂寞,开创了美好的未来。湛蓝的苍穹下,芳草萋萋、流水汤汤、泉石激韵、和若球锽;繁华的人世间,莺歌燕舞、鸟语花香,飞禽走兽、人欢马叫,呈现出一派生机盎然的繁华景象。据此,本册诗篇在相关神话传说的基础上创作了《尸化万物》《女娲造人》等。

　　看到如此温馨和谐的一幕,女娲发出了会心的微笑。为了此景能够永续长存,使人类瓜瓞绵绵,繁衍生息下去,女娲又创建了适龄男女婚配制度。《绎史》卷三引《风俗通义》载:"女娲祷祠神祈而为女媒,因置婚姻。"面对天地神灵,女娲祈祷自己的想法能够如愿以偿,能够成为人类婚姻的媒妁。《路史·后纪二》说:"以其载媒,是以后世有国,是祀为皋襟之神。"女娲以媒妁为桥梁,最终连接了男女婚姻,建构了蠢蠢欲动生机无限的大千世界,因此后人尊称她为高媒之神。为了天籁之声,琴瑟和之而娱乐人生,女娲还与时俱进地发明了吹奏器乐的笙簧。《帝王世纪》说:"女娲氏风姓,承庖羲制度,始作笙簧。"战国时期史官所撰的《世本》也说:"女娲作笙簧。"笙,生也,象物贯地而生,以匏为之,其中空而受簧也。而后,《唐乐志》总结前贤所论并指出:"女娲作笙,列管于匏上,纳簧其中。"此种解读,实质上就是认为女娲作笙簧与我国古老的"种姓制度"具有一定的关联,这样也能够较为合理地解释"女娲地出""象物贯地而生"等说法给人们带来的困惑。因此,作为生育人类,创造万物的伟大母亲——女娲,便具有更为崇高的人格了!不仅如此,现存及出土文献还记载了女娲与伏羲氏的兄妹婚现象,这种情况的产生或许与此有关吧!至此,我们不难看出,女娲不仅是一位伟大的创世女神,而且还是一位主宰人类婚育的高媒之神!

正当世人享受着大自然的淳美、安逸与幸福时光之时,天神之间发生了内讧,共工与颛顼二神为了帝位展开了殊死搏斗。《淮南子·天文训》记载:"昔者共工与颛顼争为帝,怒而触不周之山,天柱折,地维绝。天倾西北,故日月星辰移焉;地不满东南,故水潦尘埃归焉。"他们的争斗,造成了毁天灭地的严重后果,天地阴阳错位,世间鸿蒙不开,生灵涂炭,万物归于沉寂。作为创世之母的女娲看到自己的子孙处于水深火热之中，又拖着疲惫之躯重新返回人间，开启了补天复地之旅。《淮南子·览冥训》记载："往古之时，四极废，九州裂；天不兼覆，地不周载；火爁炎而不灭，水浩洋而不息；猛兽食颛民，鸷鸟攫老弱。于是女祸炼五色石以补苍天，断鳌足以立四极，杀黑龙以济冀州，积芦灰以止淫水。苍天补，四极正；淫水涸，冀州平；狡虫死，颛民生。"显而易见，帝位之争后的四极九州发生了颠覆性的变化，洪水浩荡，大火熊熊，猛禽怪兽蚕食天下民众，天地重陷混乱不堪的状态。生死存亡之际，女娲炼五色石以补苍天，积芦灰而埋水复地，杀蛟祈禳以安抚黎氓。为此，我们充分发挥了想象力，创作了《女娲补天》《女娲斩黑龙》《女娲正地维》等篇章。

在神话传播的过程中，这些支离破碎、散见于各个典籍中的故事片段内容模糊、时间错置，缺少一定的逻辑顺序和必要的叙事结构。至唐朝，司马贞《补史记·三皇本纪》进行了一番整理加工、增饰润色，于是便成为情节上曲折离奇、结构上首尾照应的历史性神话故事："女娲氏……当其末年也，诸侯有共工氏。任智刑，以强霸而不王。……乃头触不周山崩，天柱折，地维缺。女娲乃炼五色石以补天，断鳌足以立四极，聚芦灰以止滔水，以济冀州。于是地平天成，不改旧物。"随着时间的流逝，空间的变换以及人们思维认知的拓展，创世之母——女娲的形象越发高大伟岸，其丰功伟绩越发彰显于人世间。于是,神话世界中女娲形象逐渐走进人们的视野,成为一位一统天下部落的女皇,后世尊为"娲皇"。《太平御览》卷七八引《帝王世纪》云:"女娲氏……一号女希,是为女皇。"《淮南子·览冥训》高诱注云:"女娲阴氏,佐伏牺治者也。"王充《论衡·顺鼓篇》称:"女娲古妇人帝王者也。"《山海经·大荒西经》郭璞注曰:"女娲,古神女而帝者。"曹植《女娲赞》认为远古所传的女娲就是"古之国君"。由此观之,从神话到历史的叙事转向,不仅没有消解女娲的创世神形象、高媒神形象,而且伴随着我国历史上发达的史官文化,保存并进一步强化。因此,女娲成为创世之母,成为护佑中华民族屹立于民族之林的伟大母亲形象。相应地,女娲文化亦是源远流长、博大精深,携带着与生俱来的、丰厚的文化意蕴,烙印于中华儿女的血脉之中。在世代相传的民族精神与价值观念下,她俨然是史前文明的佼佼者,是中华民族绵延不断的优秀传统文化,更是传承华夏文明和民族精神的坚强不屈的负载者。在新时代的今天,女娲文化依旧是民族大融合、增强民族凝聚力以及构建和谐社会的主要构成要素。鉴于此,我们试图通过女娲形象的神灵权威,以及与之相关联诸神的言谈举止,充分发挥想象力,进一步拓展思考空间,展现具有大爱精神的女娲形象以及相关的诸神灵性的一面,于是创作了《创世之母——女娲神话》系列诗篇,以飨读者。

本册《创世之母——女娲神话》，共精选了与女娲相关的10个神话故事，分别是：《尸化万物》《夸父逐日》《女娲造人》《女娲补天》《女娲斩黑龙》《女娲正地维》《女丑祷求雨》《忠贞的浮游》《赤豆打鬼》《九头相柳》，主要讲述了女娲与其臣僚及其相关神灵的神话故事，反映了神话英雄们在华夏民族建立中的赫赫之功和美好品性。

　　《尸化万物》讲述了宇宙鸿蒙，天地未开之时，盘古生于混沌之中。万八千年后，盘古不断长大。清浊之气分开；清气上升为天，浊气下降为地，盘古立于其中。他手撑着天，脚踩着地。又万八千年后，天极高，地极厚，盘古极长。天和地彻底分开后，盘古就死了。它的身体发生了奇妙的变化，人间也因此变得更加缤纷多彩。

　　《夸父逐日》讲述了上古时期，巨人部落的首领夸父带领着族人迁徙到严寒的北方居住。夸父为了不让族人在漫长的夜晚忍受寒气的侵袭和妖魔的侵扰，准备把太阳给捉回来。勇敢的夸父迈开大步没日没夜地追逐着太阳，历经千辛万苦，眼看就要抓住太阳的时候，突然口渴不已。他一口气喝干了黄河和渭河里的水。可是他还不解渴，打算去北方的瀚海喝水，谁知却渴死在了前往瀚海的路上。夸父死后，身体和手杖化作了一大片桃林，世世代代滋养着当地的人民。

　　《女娲造人》讲述了女娲在与小兔子的一次谈话中，意识到了"死亡"之意。这也让她萌生出创造"人"的念头。

于是,她在大家的帮助下,用上好的黄土和清甜的河水创造出了人类,又让他们自相繁衍。这使得世界秩序有了新的平衡。

《女娲补天》讲述了共工一怒之下,撞倒了天柱不周山,导致天崩地裂。人间遭遇洪水、火灾、猛兽袭击等重重灾祸。女娲为了拯救人民,采集、冶炼五色石来补天。巨鳌主动献上自己的四肢作为四极支柱。天地慢慢得以修复,人间逐渐恢复了昔日的生机。由于巨鳌的四肢长短不一,东南方向的土地没有补完,从此天向西北方向倾斜,地往东南方向陷落。

《女娲斩黑龙》讲述了在一次剧烈的地动山摇之中,沉睡的黑龙被惊醒。蕴藏着原始黑暗力量的黑龙重回人间为非作歹。人间顿时陷入黑暗,生灵涂炭。天帝命令天神们去收服黑龙,不料天神们无功而返、死伤惨重。天帝只好请求尚未恢复体力的女娲娘娘再次出山拯救人类。女娲面对暴虐无常的黑龙仍存感化之心,却没想到被黑龙利用。女娲看清了黑龙不思悔改的狡猾面目,用神剑斩杀了黑龙。女娲强撑着没有复原的精魂收服了黑龙,此时的女娲,已经疲惫不堪。终于,女娲倒在了一片云彩上,精魂化作了风中的精灵。

《女娲正地维》讲述了女娲补天以后,大地裂缝四起,洪水泛滥,猛兽出没。善良的女娲神不忍人间灾祸连连,出手相助。多番筹谋勘察，终于找到了治水补地的良方——芦灰。芦灰是如息壤一般的神奇之物，即刻可以吸干洪水、修补裂缝。经历重重险阻，女娲终于修补好大地，并将自己十肠所化之神人，变作维系天地的带子。

《女丑祷求雨》讲述了远古时代，十个太阳一起出现在天空。大地上生灵涂炭。女丑是部族的巫师，本领强大。她驾驭龙鱼，想让龙鱼长啸求雨，然而龙鱼的叫声并未引来大雨。女丑又来到北海，这里已然干涸。女丑祈求能兴雨的大鳖，但这大鳖也没有办法。最后，女丑以自己为祭品，在祭台上祈雨。她承受着烈日的焦灼，脚烫烂了也不放弃，在她倒下的那一刻，终于求来了救命的雨。

《忠贞的浮游》讲述了晋平公时常梦到赤熊窥屏，惊惧而病。经子产解梦后得知，赤熊是昔日共工的臣子浮游。因为共工战败，又不愿投靠颛顼，最后投江而亡。晋平公与其对话，感叹浮游的忠义，并答应满足他的遗愿。于是，晋平公命人设立祭坛祭祀共工与颛顼。与此同时，他的病也奇迹般好了。

《赤豆打鬼》讲述了性格暴躁的水神共工有一个很不成器的儿子。这孩子生性乖僻，特别调皮，喜欢恶作剧，结果不小心葬送了自己的性命。他死后化作瘟疫鬼，更觉寂寞，总想着找人陪他玩。但人们都很怕他，都躲着他。他却变着法儿出现在人们周围。瘟疫鬼游走人间，带去了可怕的瘟疫,让美好的人间沦为恐怖的地狱。人们祈求天神制服瘟疫鬼。天神选派了一名善于驱鬼的神将去人间收服瘟疫鬼。神将用了很多方法都不奏效,最后用赤豆将瘟疫鬼制服了。

《九头相柳》讲述大禹将共工驱逐后,共工之臣相柳一心想为共工复仇。他故意破坏富庶的河谷地区,以此报复大禹。大禹决心斩杀相柳。可是,九头相柳神力巨大,又具有重生之能,即便是头被砍掉了,又能迅速再长出来。经过仔细观察,大禹最终找到了相柳的死穴——七寸。攻其无备,出其不意,终于成功斩杀了相柳。可是相柳死后,他的血污染了土壤。其地瘴气弥漫,百谷不生,百兽莫近。大禹便发动人民填塞土地,却屡次塌陷,始终没有取得成效。后在山神建议下修建诸帝台,并以共工台镇压相柳怨灵,河谷才最终恢复了原貌。

最后,还有几点说明:

第一,本书与时著体例不同,尤其是每个故事后面的"衍说",从专业角度拓展了该神话故事的相关文化知识和理论视野,指出了现实意义。但是,囿于作者的能力和识见,肯定有挂一漏万和阐释不当等不足之处,恳请各位善知识不吝赐教。

第二,故事叙述用诗行排列,力求简练、疏朗,并凸显每个故事、人物的独特性和精神特质,尽量避免出现复杂的人物关系,故对有些形象进行了简化甚至省略,读者若想获取全貌，不妨将单篇连缀起来阅读，或据"衍说"按图索骥。

第三，本书的神话故事，因所采文献博杂、零碎，有些故事原典之间本身矛盾龃龉，改编时，作者为避免削足适履之感，在基本遵循原典精神的前提下，有时据故事需要酌情取舍。此套丛书的编写虽有严格的文献依据，也有一定的专业性解说，但毕竟非严谨的神话学学术著作，或可视为学术研究向大众读物的下移，故更注重故事的文学性、神话性和可读性，若要坐实历史或仅以学术标准核之恐失作者初衷。

是为序。

彦序　上颐斋
2019 年 6 月 20 日

尸化万物

刘勤 高蓉 撰
王云娟 绘

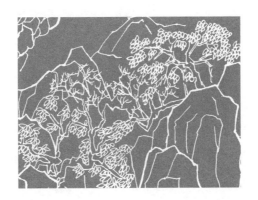

【原典】

○(南朝)任昉《述异记》卷一:"昔盘古氏之死也,头为四岳,目为日月,脂膏为江海,毛发为草木。秦汉间俗说,盘古氏头为东岳,腹为中岳,左臂为南岳,右臂为北岳,足为西岳。"

○(唐)欧阳询《艺文类聚》卷一引三国吴徐整《三五历记》:"天地混沌如鸡子,盘古生其中。万八千岁,天地开辟,阳清为天,阴浊为地,盘古在其中,一日九变。神于天,圣于地。天日高一丈,地日厚一丈,盘古日长一丈。如此万八千岁,天数极高,地数极深,盘古极长。后乃有三皇,数起于一,立于三,成于五,盛于七,处于九,故天去地九万里。"

○(宋)张君房《云笈七签》卷五十六:"洎乎元气蒙鸿,萌芽兹始,遂分天地,肇立乾坤,启阴感阳,分布元气,乃孕中和,是为人矣。首生盘古,垂死化身,气为风云,声为雷霆,左眼为日,右眼为月,四肢五体为四极五岳,血液为江河,筋脉为地里,肌肉为田土,发髭为星辰,皮毛为草木,齿骨为金石,精髓为珠玉,汗流为雨泽,身之诸虫,因风所感,化为黎氓。"

【今绎】

一

混沌①之初，
乾坤②未成，五行③未分，
日月未明，星辰未凝。
阴阳交错，盘旋纠结，
如一颗鸡蛋，昏昏暗暗清浊混杂，
又像一团团乱丝，密密匝匝绕了亿万层。
在混沌的中心，原始的生命正在萌动着，
有人说，他是第一个人，
也有人说，他是第一个神，
他的名字叫盘古。

---

①混沌：古代传说中指世界开辟前元气未分、模糊一团的状态。汉班固《白虎通义·天地》："混沌相连，视之不见，听之不闻，然后剖判。"

②乾坤：称天地。宋洪迈《易·说卦》："乾为天……坤为地。"汉班固《典引》："至于经纬乾坤，出入三光。"

③五行：水、火、木、金、土。我国古代称构成各种物质的五种元素，古人常以此说明宇宙万物的起源和变化。

混沌之初,

乾坤未成,五行未分,

日月未明,星辰未凝。

阴阳交错,盘旋纠结,

如一颗鸡蛋,昏昏暗暗清浊混杂,

又像一团团乱丝,密密匝匝绕了亿万层。

在混沌的中心,原始的生命正在萌动着……

二

轻而清的,渐渐上升为阳气①,
重而浊的,慢慢坠落为阴气②。
盘古在其中,随之一日九变。
他不断地长高、长大。
就这样,过了一万八千年,
他终于睁开了双眼。
可周围黑乎乎的,什么也看不见。
盘古非常气恼,使出全身的力气,
在混沌之中,艰难地站了起来。

三

"轰隆!"一声巨响,
天和地被分开了。
阳气氤氲为天,悬浮在盘古的头顶;

---

　　①阳气:暖气,生长之气。《管子·形势解》:"春者阳气始上,故万物生。"汉刘安《淮南子·天文训》:"阳气胜则散而为雨露,阴气胜则凝而为霜雪。"
　　②阴气:寒气,肃杀之气。《管子·形势解》:"秋者阴气始下,故万物收。"三国魏阮籍《咏怀》之十六:"朔风厉严寒,阴气下微霜。"

阴气凝结为地,沉淀于盘古的脚下。
天无所系,地下无根,
天地内外,辽阔无际,
浩瀚渺茫,静谧①无声。
忍受了亿万年的寂寞,
承受了亿万年的黑暗,
盘古再也不想屈服于束缚!
他用手撑着天,用脚踩着地,
绝不让天地再次合拢!

四

天每升高一丈,地就每增厚一丈,
盘古日长一丈,巍峨地立于天地之间。
他越长越高,越长越壮。
就这样,又过了一万八千年,
天已极高,地已极厚,
盘古已长到了九万里那么高。

---

①静谧:安宁平静。三国魏嵇康《琴赋》:"竦肃肃以静谧,密微微其清闲。"

天每升高一丈,地就每增厚一丈,
盘古日长一丈,巍峨地立于天地之间。

他的身躯就像一根擎天①巨柱,
直耸云霄,傲岸地兀立着。

五

盘古估摸着天和地不可能再次合拢,
于是便想停下来休息休息。
他疲惫地躺在地上,枕着胳膊,
轻轻地闭上了眼睛。
天和地没有再合拢,
盘古也没有再醒来。

六

盘古呼出的最后一口气变成了风,
时而轻柔,时而狂暴;
他发出的最后一声叹息变成了雷霆,

---

①擎天:托住天。形容坚强高大有力量。唐孟郊《怀南岳隐士》诗:"见说祝融峰,擎天势似腾。"

尸化万物

他疲惫地躺在地上,枕着胳膊,
轻轻地闭上了眼睛。
天和地没有再合拢,
盘古也没有再醒来。

雷车滚滚，万窍①怒号。

七

盘古的两只眼睛飘浮于空中，
左眼慢慢燃烧，变成了太阳，
在白天光耀四极，辉映万丈；
右眼渐渐凝结，变成了月亮，
在夜晚清冷明亮，一泻千里。
盘古的头发和胡须变成了星星，
洒落进虚空之中，点点闪烁。
日月星辰在白天和夜晚交替出现，
为人间带去永恒的光明和温暖。

八

盘古的手臂和双腿变成了四根柱子，矗立四极；

---

① 万窍：一指大地上大大小小的孔穴。《庄子·齐物论》："夫大块噫气，其名为风。是唯无作，作则万窍怒呺。"一指人的各种感觉器官。窍，人的耳目口鼻等器官之孔。元马臻《游仙词》："我自无为神自凝，万窍不动心冥冥。"此处指大地上大大小小的孔穴。

身躯变成了三山五岳①，起伏连绵；
他的皮肤和汗毛变成花草树木，郁郁葱葱；
血液变成江河，日夜奔腾，川流不息；
盘古的汗水变成雨露和甘霖，滋润着大地。
而牙齿和骨头变成金石，精髓变成珠玉，
深藏于地底，等待着被探索和发现。

九

盘古身上的虱子被风吹散，飘向四野，
落地后竟变成了一个个活蹦乱跳的小人儿，
小人儿在大地上生活繁衍，
身材和他一样伟岸，
内心像他一样勇敢。

---

①五岳：我国五大名山的总称。古书中记述略有不同。一般指东岳泰山、南岳衡山、西岳华山、北岳恒山、中岳嵩山。这里泛指所有山岳。

盘古死后,尸化万物。

十

盘古的身体发肤化为天地万物,

但他并没有因此消失。

他生于天地初开,将与天地同寿。

他高兴时晴空万里,他愤怒时狂风暴雨。

他存在于一江一河之中,

又游离于四极①六合②之外,

他飘忽于日月星辰之间,

又长眠于大地之中。

我们每个人身体里都有他的血液,

每朵花里都有他的气息。

天地万物都是他,

他就是天地万物。

---

①四极:或指四方极远之地。《楚辞·离骚》:"览相观于四极兮,周流乎天余乃下。"朱熹集注:"四极,四方极远之地。"或指四方极远之国。《尔雅·释地》:"东至于泰远,西至于邠国,南至于濮铅,北至于祝栗,谓之四极。"郭璞注:"皆四方极远之国。"或指四境。《管子·问》:"官府之藏,强兵保国,城郭之险,外应四极。"或指神话中的四方天柱。《淮南子·览冥训》:"往古之时,四极废,九州裂,天不兼覆,地不周载,火爁炎而不灭,水浩洋而不息,猛兽食颛民,鸷鸟攫老弱。于是女娲炼五色石以补苍天,断鳌足以立四极……苍天补,四极正。"或指日月运行四方的最远点。元揭傒斯《铜仪》诗:"飞龙缠四极,黄道界中天。"

②六合:天地四方,整个宇宙的巨大空间。《庄子·齐物论》:"六合之外,圣人存而不论;六合之内,圣人论而不议。"成玄英疏:"六合者,谓天地四方也。"

我们每个人身体里都有他的血液，

每朵花里都有他的气息。

天地万物都是他，

他就是天地万物。

【衍说】

盘古被视为华夏民族开天辟地之神,有"自从盘古开天地,三皇五帝到如今"之说。关于盘古的最早记录出现于唐初《艺文类聚》引三国吴人徐整《三五历记》,但文中仅仅只说盘古生于混沌之中,并无记载他开天辟地。到了明代,周游所撰《开辟演义》中才有盘古开天辟地的各种记载。为何现存文献对于盘古故事记录得那么晚,却能够在民间得到广泛地传播,同时又把盘古神话置于很高的位置呢?

首先,从盘古神话产生的时间和背景等相关问题进行考察。在盘古产生之前,我国有关创世的神话很多,如混沌说、女娲说、烛龙说等等。到了汉末魏晋,才首次出现盘古的故事,但并未记载他开天辟地,而这个时期正是中国道教文化发源和兴盛的时期。相传葛洪所撰《元始上真众仙记》中把盘古称为"真人",号"元始天王"。魏晋以后,道教思想在我国广泛传播,盘古神话也得到了发扬光大,并逐渐深入民心。

其次,盘古神话属于世界神话母题"宇宙之卵",此处的"卵",正好暗合了人类孕育的过程。如古希腊神话中创世女神盖亚,即孕育了太阳、月亮、江河湖海等世间万物。之所以有这样的想象,是因为人们知道,人是由女性孕育而来,人们通过想象和夸张,将万事万物都和孕育联系起来。《三五历记》中说"天地混沌如鸡子",这个"鸡子",就是"卵",也可以看成女性的子宫,"盘古"是在宇宙产生之初"启阴感阳",中和阴阳后孕育出来的第一个具有人类特征的生命,只不过这个孕育的载体有点特殊,它是哲学化的"卵"。

最后,创世神话的产生源于人们对自然的探秘,对人类和宇宙产生的追问。盘古神话的核心思想正是人们对宇宙产生的猜想。在魏晋以前,人们对这个世界的来源说法不一,但当盘古神话故事一出现,立刻被广泛传播,得到认可,原因就在于盘古神话蕴含着中国古代天人合一的思想。《庄子·达生》说:"天地者,万物之父母也。"《易经》中也强调三才之道,将天、地、人并立起来,天道曰阴阳,地道曰柔刚,人道曰仁义。天、地、人三者虽各有其道,但又是相互对应、相互联系的。盘古开天辟地、尸化万物,体现的正是这种"天、地、人"一体同源的世界观、万物有灵的生态整体观,以及生生不息的地球系统观。

盘古神话在中国各民族中均有出现,但内涵有所不同,如壮族神话中,盘古是从天上下来的神,侗族神话中说盘古是蟠桃变化而来的神灵,瑶族神话中说云彩生盘古等等。尽管盘古神的来源不同,却普遍受到中华民族的崇拜和敬仰,成为民族的始祖神,其原因就在于盘古神话体现的是天人合一的哲学思想。这个世界观不仅被汉民族认可,还被少数民族认可;不仅被中华民族认可,还被世界各民族认可。

夸父逐日

刘勤 苏德 撰
甘钰萍 绘

【原典】

○(先秦)佚名《山海经·海内经》:"炎帝之妻,赤水之子听訞生炎居,炎居生节并,节并生戏器,戏器生祝融,祝融降处于江水,生共工,共工生术器,术器首方颠,是复土壤,以处江水,共工生后土。"

○(先秦)佚名《山海经·海外北经》:"夸父与日逐走,入日。渴欲得饮,饮于河渭,河渭不足,北饮大泽。未至,道渴而死。弃其杖,化为邓林。"

○(先秦)佚名《山海经·大荒北经》:"大荒之中,有山名曰成都载天。有人珥(ěr)两黄蛇,把两黄蛇,名曰夸父。后土生信,信生夸父。夸父不量力,欲追日景,逮之于禺谷。将饮河而不足也,将走大泽,未至,死于此。"

○(先秦)佚名《山海经·中山经》:"夸父之山,其木多棕、枏,多竹箭,其兽多㸿牛、羬羊(léi yáng),其鸟多鷩(bì),其阳多玉,其阴多铁,其北有林焉,名曰桃林,是广圆三百里,其中多马。"

○(战国)列子《列子·汤问篇》:"夸父不量力,欲追日影,逐之于隅谷之际。渴欲得饮,赴饮河、渭。河、渭不足,将走北大泽。未至,道渴而死。弃其杖,尸膏肉所浸,生邓林。邓林弥广数千里焉。"

○(三国)曹丕《列异记》:"昔有神人,姓邓名禹字夸父,自有神力,身长一千七百丈。手执桑之杖与日竞走。所弃鞭策及所执杖桑之杖,皆化作林木,以其姓,因号邓林也。"

【今绎】

一

很久很久以前,在一座名叫成都载天①的山上,
有一个巨人部落,部落首领叫夸父。
他是后土②的孙子,身形魁梧,比别的巨人更擅长奔跑。
他坐下就似一座山,站起来就好像撑天的柱子。
夸父的耳朵上挂着两条黄蛇,
它们能帮助夸父听取民生疾苦;
夸父手里也握着两条黄蛇,
它们能在夸父疲惫的时候变成拐杖。
这四条威武的黄蛇飘飘扬扬,让高大的夸父更显神气。

---

①成都载天:传说中夸父生活的神山,又叫夸父山。《山海经·大荒北经》记载:"大荒之中,有山名曰成都载天。"
②后土:相传她是最早的地上之王,掌阴阳,育万物,因此被称为大地之母。一说后土就是女娲。古时候的三皇分别对应的是天皇伏羲、地皇女娲和人皇神农。后土娘娘又是最早的地上之王,也就与地皇女娲相对应,就有了后土娘娘就是女娲娘娘的说法,本文引此说。

夸父身形魁梧,比别的巨人更擅长奔跑。
他坐下就似一座山,站起来就好像撑天的柱子。
夸父的耳朵上挂着两条黄蛇,
它们能帮助夸父听取民生疾苦;
夸父手里也握着两条黄蛇,
它们能在夸父疲惫的时候变成拐杖。
这四条威武的黄蛇飘飘扬扬,让高大的夸父更显神气。

二

夸父和他的族人们原本生活在温暖的南方，
后来南方发生了蚩尤攻打黄帝的战争，
为了躲避战乱，
他们就搬迁到了北方大荒的成都载天山居住。
这里的太阳很快升起又很快落下，而且昼短夜长。
在漫长的黑夜里，经常有妖魔鬼怪来侵扰夸父的族人。
每当太阳落山之后，人们总是担惊受怕。
他们多么希望太阳可以永远悬挂在天空啊！

三

夸父耳朵上的两条黄蛇听到了百姓们的愿望，
把这事传达给了夸父，他思忖良久，
默默地望着这即将落幕的太阳，心想：
作为部落首领，我却没有保护好我的族人，
让他们在漫长的黑夜里提心吊胆，无法安生。
这是我的过错！我一定要把太阳给抓回来！
让它永远地悬挂在部落的天空！
说干就干，顾不得跟身边的人交代清楚，

夸父就一个箭步冲出门外,
向着太阳落下的方向跑去。

四

擅长奔跑的夸父迈开健壮的双腿,
径直朝着太阳奔跑而去。
那沉重的步伐震得大地一晃一晃的,
人们相继跑出门外,一探究竟,
他们惊呼着:"首领去追太阳啦,首领去追太阳啦!"
听着人们的欢呼声,夸父信心满满。
他跨过原野河流,翻越高山峡谷,
一眨眼的工夫,就跑了好几千里。
夸父拼命地跑呀跑呀,眼看就要追上太阳了。

五

此时太阳就在眼前,触手可及。
夸父迫不及待地伸出手去,
可太阳是一团滚烫滚烫的大火球呀!

听着人们的欢呼声,夸父信心满满。
他跨过原野河流,翻越高山峡谷,
一眨眼的工夫,就跑了好几千里。

火舌"嗞嗞"乱窜,烤红了湖泊和晚霞,
烤焦了夸父那刚伸出去试图拥抱它的手。
他不自觉地缩回来,一不留神,太阳又跑远了。
夸父顾不得疼痛,继续努力地追赶太阳。
跑到辰州①和台州②一带的时候,
夸父感觉肚子有点饿,
只好停下来生火煮东西吃。

六

他扛来台州覆釜山上的大鼎做煮饭的锅,
用辰州东面的三座大山做架锅的柱子,
用手里两条黄蛇化成的拐杖做筷子,
匆匆忙忙地吃过饭,眼看着太阳离他越来越远。
夸父忍受着太阳的炙烤,又开始追逐太阳,
从东边跑到西边,从早晨跑到晚上。
不知跑了多久,夸父逐渐感到口干舌燥,

---

①辰州:地名。唐张鷟《朝野佥载》卷五云:"辰州东有三山,鼎足直上,各数千丈。古老传曰,邓夸父与日竞走,至此煮饭,此三山者,夸父支鼎之石也。"
②台州:地名。《太平御览》卷四七引《郡国志》云:"台州覆釜山,云夏帝登此得龙符处。有巨迹,云是夸父逐日之所践。"

喉咙里像着了火一样,简直能冒出烟来!
夸父不得不慢下脚步,四处寻找水源。

七

看到不远处奔涌的黄河,
他飞奔而去,一头扎进黄河,酣畅狂饮。
一口两口三口,黄河的水被他一饮而尽。
可夸父并没有解渴,他又疾步如飞地跨入渭水,
一口两口三口,渭水也被他喝得一滴不剩。
两条最大的河流都被夸父喝干了,
可是夸父还是不解渴,这可怎么办呢?

八

"难道只能去北方的瀚海①了吗?"

---

①瀚海:原本指的是"海"、北方的大湖,明后指广大戈壁沙漠。一作翰海。《史记·卫将军骠骑列传》记载:"(霍去病)封狼居胥山,禅于姑衍,登临瀚海。"

他飞奔而去,一头扎进黄河,酣畅狂饮。

一口两口三口,黄河的水被他一饮而尽。

夸父咬着干裂的嘴唇,自言自语。

瀚海在雁门山的北边,

听说那里的水,取之不尽,用之不竭。

但是去往瀚海,可谓长路漫漫,

那些北飞的鸟儿,得飞好几个月才能到呢。

如果没有太阳,族人们就会在彻骨寒冷中备受煎熬;

如果没有太阳,族人们就会受到妖魔无休止的侵扰。

一想到这里,夸父抬眼远方,向瀚海奔去。

九

"不自量力的夸父,你还是回去吧!"

太阳对夸父说:"你是永远追不上我的!"

舌敝唇焦的夸父回答道:

"水滴不停地滴,再厚的石头也能穿;

绳子不断地拉,再粗的木头也能断;

只要我一直跑,再远的路途也有边!"

太阳不理会夸父,继续往前赶路。

"此时此刻,族人们正被笼罩在恐怖的黑夜之中,

身为首领的我,怎么能无动于衷?"

太阳无可奈何地摇摇头,转身又跑远了。

"夸父啊夸父，我也有我的使命啊！"

十

夸父实在是太累了，
他也不知道自己跌倒过多少次，晕厥了多少回，
反正醒来后就又继续前行。
黄蛇幻化的手杖也折断了，
仿佛在说："夸父，放弃吧，放弃吧……"
当夸父拖着极其疲惫的身体，
逐日到禺谷①这个地方的时候，
终于体力不支，脚下一软，
跌了下去……

---

①禺谷：即虞渊。古代神话传说中日落的地方。《山海经·大荒北经》："夸父不量力，欲追日景，逮之于禺谷。"郭璞注："禺渊，日所入也，今作'虞'。"

黄蛇幻化的手杖也折断了,
仿佛在说:"夸父,放弃吧,放弃吧……"
当夸父拖着极其疲惫的身体,
逐日到禺谷这个地方的时候,
终于体力不支,脚下一软,
跌了下去……

十一

这一次,夸父再也没有醒过来。

他的手好像还想伸去握手杖,身体也向着太阳的方向。

突然一阵凉风平地而起,

他巨大的躯体化作一座山——这就是夸父山,

他身上的衣物化作一块块肥沃的田土和绿地,

他手中的黄蛇杖化作一片方圆三百里的桃林。

后来有人说,太阳行到此处也会黯然神伤,

大概是为夸父的精神所感动吧!

他巨大的躯体化作一座山——这就是夸父山，
他身上的衣物化作一块块肥沃的田土和绿地，
他手中的黄蛇杖化作一片方圆三百里的桃林。

【衍说】

"夸父逐日"的故事早在战国时期的《山海经》中就有比较详细的记载。《海内经》和《大荒北经》都写了夸父的世系。一般认为,夸父为后土之孙,神农氏炎帝之后裔。记载中国远古传说的《风俗通义·皇霸篇》第一引《春秋纬运斗枢》说三皇为:"伏羲、女娲、神农。"三皇中,伏羲是天皇,神农是人皇,女娲是地皇。而后土娘娘也是早期地神、地母,故后土与女娲实则一而二之关系。

《大荒北经》和《海外北经》都有关于"夸父逐日"的记载,但是两者略有不同。前者写"应龙已杀蚩尤,又杀夸父",后者写夸父逐日"未至,道渴而死"。同样是战国时期的《列子》(又名《冲虚真经》),其《汤问篇》将《山海经》中两处"夸父逐日"的故事合二为一,云"夸父不量力,欲追日影,逐之于隅谷之际。渴欲得饮,赴饮河、渭。河、渭不足,将走北大泽。未至,道渴而死。弃其杖,尸膏肉所浸,生邓林。邓林弥广数千里焉"。至此,"夸父逐日"的故事已基本成熟。晋代郭璞《山海经注》和张华《博物志》,即从《列子·汤问篇》之说。后世之书,如《太平御览》《天中记》《夏商野史》等,凡论及"夸父逐日",虽都有"《山海经》曰""《山海经》云"等字样,但细究其纹理,大都从《列子》发展而来。正如刘朝飞所说:"《山海经》中的夸父形象不是后来我们熟知的,张湛本《列子》中的才是。"(刘朝飞:《夸父神话流变考论》,《社会科学论坛》,2013年12期)

关于"夸父逐日"故事中夸父形象的褒贬问题,古往今来,比较曲折。如前所述,在《大荒北经》《海外北经》等早期文献中,对夸父形象和事迹已有刻画和描述。前者记载"夸父不量力,欲追日景",追而不得,为应龙所杀。后者增加夸父"其人为大""与日逐走""未至渴死,其杖化林"等内容。很显然,其敷张笔触无疑透露出对夸父形象的赞美。但秦时《吕氏春秋》的"夸父之野",以及西汉时期的《淮南子》中记载的能够"臣雷公、役夸父"的"真人"故事中,夸父已非力量最强大的人或神。由此可知这个时期,人们对夸父形象的"褒扬"开始出现下滑趋势。不过,直到魏晋,典籍中对夸父的态度,大多还是倾向于以褒扬为主。如阮籍、葛洪、江淹、陶渊明等人,对夸父的赞扬溢于言表,这在他们的著作中屡见不鲜。陶渊明在《读〈山海经〉》组诗其九中说:"夸父诞宏志,乃与日竞走。俱至虞渊下,似若无胜负。神力既殊妙,倾河焉足有?余迹寄邓林,功竟在身后。"即是如此。

六朝以后,文人们对夸父的态度就出现了贬斥。南朝宋僧愍在《戎华论折顾道士夷夏论》中反驳顾欢提出毫无实证的"佛道同源,道在佛先"等观点时,说道:"君未详幽旨,辄唱老佛一人乎？……真谓夸父逐日，必渴死者也。"这显然是在批评夸父的不自量力。唐代皎然《效古》云："日出天地正，煌煌辟晨曦。六龙驱群动，古今无尽时。夸父亦何愚，竟走先自疲。饮干咸池水，折尽扶桑枝。渴死化燧火，嗟嗟徒尔为。空留邓林在，折尽令人嗤。"此处更是直接讽刺夸父愚蠢。此外，宋代梅尧臣也说："夸父逐日死，共工触天倾。二子不量力，空有千古名。"清代词人纳兰性德亦言："诞矣鲁阳戈，荒哉夸父步。"尤其是在清代，夸父几乎成了"狂妄""自大"的代名词。

近代以来，"夸父精神"又被人们所熟知和提倡。在新时代下，夸父是以灿然全新的面貌重回人们视野的。周作人曾作《夸父》来赞扬夸父的丰功伟绩。总而言之，摈弃附加其上的意识形态，"夸父逐日"神话故事本身所体现出来的执着追求、积极进取、舍生取义的大无畏精神，是超越时空、民族的人类共同财富。它反映了古代劳动人民探索、征服自然的强烈愿望，以及对人生理想、光明未来的不懈追求。

女娲造人

刘 勤 唐梦雪 撰
安艳月 绘

【原典】

○（西汉）刘安《淮南子·说林训》："黄帝生阴阳，上骈生耳目，桑林生臂手，此女娲所以七十化也。"

○（东汉）许慎《说文解字》："娲，古之神圣女，化万物者也。"

○（东汉）王逸注《楚辞·天问》："传言女娲人头蛇身，一日七十化。"

○（东汉）应劭《风俗通义》："天地开辟，未有人民。女娲抟黄土作人，剧务，力不暇供，乃引绳于泥中，举以为人。故富贵者，黄土人也；贫贱凡庸者，绳人也。"

○（东汉）应劭《风俗通义》："女娲祷祠神，祈而为女媒，因置婚姻。"

附：

○浙江湖州民间故事《女娲做笙簧》："传说女娲吹起了笙簧……这样毁灭了的世界又重新出现了太阳，百鸟也飞来了……"

【今绎】

一

曲曲折折的黄河岸边,
端坐着一位美丽的女子。
她柔柔地吹着笙簧①,
神态祥和,面带微笑。
她乌黑的长发,比绸缎还要柔顺,
她明亮的双眼,比星辰还要闪亮。
她的名字,叫作女娲②。

---

①笙簧:指笙。簧,笙中之簧片。《礼记·明堂位》:"垂之和钟,叔之离磬,女娲之笙簧。"

②女娲:神话传说中的古帝名,即女娲氏。中国神话传说中的人类始祖,传说她曾用黄土造人。继伏羲而为帝。参阅西汉刘安《淮南子·览冥训》,唐司马贞《补史记·三皇本纪》,宋代李昉《太平御览》卷七八皇王部诸书。

她柔柔地吹着笙簧,
神态祥和,面带微笑。
她乌黑的长发,比绸缎还要柔顺,
她明亮的双眼,比星辰还要闪亮。
她的名字,叫作女娲。

二

在这片广袤的黄土地上，

女娲的身影几乎无处不在，

她一天竟能变化七十多次！

她是风，是雨，是雷，是电，

是沧海①，是桑田②，是茂林，

是玄豹③，是腾云，是飞龙④……

时而轻柔，时而狂暴。

草长莺飞，她是那岸边悠闲饮水的领头羊；

河水汤汤，她是那瀑布下逆流穿梭的鱼龙王；

暴雨滂沱，她是那保护鸟宝宝的鸟妈妈。

有时候，她还会变成一棵树，

与其他小树一同欢歌。

---

①沧海：即大海，汉董仲舒《春秋繁露·观德》："故受命而海内顺之，犹众星之共北辰，流之宗沧海也。"有时也指东海，三国魏曹操《步出夏门行》："东临碣石，以观沧海。"或是神话中的海岛名。《海内十洲记·沧海岛》："沧海岛在北海中。地方三千里，去岸二十一万里，海四面绕岛，各广二千里，水皆苍色，仙人谓之沧海也。"

②桑田：种植桑树与农作物的田地。《诗·鄘风·定之方中》："星言夙驾，说于桑田。"也指桑田沧海的相互变化。唐骆宾王《代女道士王灵妃赠道士李荣》诗："桃实千年非易得，桑田一变已难寻。"本文的沧海、桑田也暗含女娲在这片土地上经历了漫长的时光。

③玄豹：黑豹。其皮毛贵重，胎为美味。《文选》李善注引郭璞曰："黑豹也。"

④飞龙：飞的龙。《庄子·逍遥游》："藐姑射之山，有神人居焉……乘云气，御飞龙，而游乎四海之外。"

鹓鸟①们也会被她吸引,
它们衔来花环,
花环落在女娲的额间,
鸟儿们发出热烈的赞美声。

三

在一个风和日丽的日子里,
女娲正悠闲地在河边散步,
欣赏着这个美妙的世界。
突然听见远处传来一声声啼哭,
声音越来越大,甚至带些凄苦——
原来是一只可爱的小兔子。
它耷拉着两条长长的耳朵,
眼泪啪嗒啪嗒润湿了小草的轮廓,
打得小草弯了腰,微微蜷缩。
小兔子的爸爸说,
小兔子的妈妈去了一个很远的地方,

----

①鹓鸟:传说中的赤凤。《山海经·西山经》:"(昆仑之丘)有鸟焉,其名曰鹓鸟,是司帝之百服。"又指鹓鹓,汉徐干《中论·贵言》:"鹓鸟之性,善近人,飞不峻也,不速也。"这里指女娲与小树们欢乐的氛围吸引了神鸟。

再也不会回来了。
女娲知道,
那个地方叫作死亡。

四

女娲不记得自己看过多少次云卷云舒①,
也数不清自己经历过多少次草木荣枯。
她的眼睛,
也看遍了无数次生离死别,
领略过无数次岁月的交接。
"您也会到那个很远的地方去吗?"
小兔子抽抽搭搭地问。
女娲一时沉默,只能摸摸小兔子的头,
她极目远方黛色的连绵起伏的山脉。
她不属于死亡,
她不会离开这片土地。
但也许有一天,
她会离开这只小兔子。

---

①云卷云舒:云层变换的样子。借用陈继儒《小窗幽记》摘洪应明《菜根谭》:"宠辱不惊,看庭前花开花落;去留无意,望天上云卷云舒。"

五

河水倒映着女神，
为一片云驻足，
为一朵花低眉。
清风拂面，水波荡漾。
然而，良辰美景，女娲却只能独自享受。
她突然想到——
在这片广袤的黄土地上有那么多的生物，
然而，却没有一种生物，
长得与她一般无二。
如果有这么一种生物，
与她有着相似的形貌，
并且，与其他生灵一样，
也会经历出生与死亡，
那该是一件怎样的杰作！
这么想着，一股激情，
在她的心中久久回荡！

她不属于死亡,
她不会离开这片土地。
但也许有一天,
她会离开这只小兔子。

六

女娲左思右想,
最后决定,要创造一种叫作"人"的生物!
蚂蚁们送来上好的黄土,
鱼儿们献上最清甜的河水。
女娲揉好黄土,慢慢地捏出一个个小人儿,
有的是俊俏的男孩,
有的是像她一样美丽的女孩。
从日出到日落,
她专心致志地捏呀,捏呀,
眼皮越来越沉重,
她实在是太累了。
小兔子心疼极了,灵机一动,对女娲说:
"枝条伸泥中,再来甩一甩,
泥点一个个,星星一颗颗!"

七

于是,女娲倒入了更多的水,
然后将一根桃树枝伸入泥水中,

蚂蚁们送来上好的黄土,
鱼儿们献上最清甜的河水。
女娲揉好黄土,慢慢地捏出一个个小人儿,
有的是俊俏的男孩,
有的是像她一样美丽的女孩。
从日出到日落,
她专心致志地捏呀,捏呀……

蘸一下,然后轻扬起来,
划出一条美妙的弧线。
泥点顺着枝条一个个飞起来,
轻快地落到大地上。
哒哒哒,哒哒哒,
就像那笙簧里吹出来的音符,
好听极了!
女娲再对着吹一口气,
一颗颗泥点就变成了一个个活生生的人。
也不知道干了多久的活儿,
女娲真的累到了极点,
眼皮再也抬不起来。
迷糊中,她仿佛看见小人儿们正摇晃着身子,
伸出柔软的双手,向她走来……
女娲枕着手臂很快便睡着了。

八

红日从山的那边悄悄升起,
女娲在一片欢呼声中睁开了眼睛。
小人儿们手拉着手,形成一个圈儿。

他们围着女娲,高兴地唱着赞美歌。
百鸟飞来庆贺,在天空中盘旋、飞舞;
百兽跑来喝彩,在大地上摇摆、呼啸;
连周围的花草也跟着节奏左右摇晃。
仿佛整个世界都沸腾了!
小兔子依偎在女娲身旁,兴奋地鼓掌。
女娲忍不住热泪盈眶,
"人",果然是伟大的杰作!

九

但这还不够!
美丽的女神左思右想:
小兔子的妈妈虽然死了,
但是她留下了后代。
"人",也应该一代代繁衍下去!
所以,女娲决定安排男女婚配。
她引导男男女女,
慢慢组建家庭,生子,老去,
子又生孙,孙又生子,无穷无尽,
世世代代地生活下去。

小人儿们手拉着手,形成一个圈儿。
他们围着女娲,高兴地唱着赞美歌。
百鸟飞来庆贺,在天空中盘旋、飞舞;
百兽跑来喝彩,在大地上摇摆、呼啸;
连周围的花草也跟着节奏左右摇晃。
仿佛整个世界都沸腾了!

她想,即使有一天,她离开了他们,
她的后代也能够以这样一种方式,
永生。

十

浩浩汤汤的黄河岸边,
端坐着一位美丽的女神。
她的额间,戴着一个精美的花环,
她的四周,围了一圈可爱的小人儿,
整齐地唱着颂歌。
她双手捧起一个吹笙簧的小人儿:
他乌黑的头发,比绸缎还要柔顺,
他明亮的双眼,比星辰还要闪亮。
女娲低下头,温柔地亲吻了一下她的孩子,
美不胜收……

【衍说】

"女娲造人"的神话传说,可以说家喻户晓、妇孺皆知。早在战国时代,这一神话便已成型,并广为流传。因此,如何在这样一个旧命题上推陈出新,便是故事演绎的一个核心问题。故事中,女娲不仅是一位女神,也是一位母亲。在与小兔子的一次谈话中,"死亡"让她沉思。孤独让她萌生创造新生命"人"的念头。于是,她在大家的帮助下,用"土"和"水"两种元素创造了"人"。这也使得社会秩序有了新的平衡。接着她让"人类"自行婚配,繁衍后代。

关于"娲"的原型,说法很多,如蛙、鲵、太阳、月亮、花等。无论如何,女娲反映了人类早期的女性生殖崇拜信仰。原始人类崇拜生殖,重视种族的延续。李泽厚在《美的历程》中指出原始人巫术礼仪的含义就是对氏族子孙"瓜瓞绵绵"的祝福。的确,古代的此类巫术礼仪实际上就是人类生殖崇拜的遗留和表现,是对于女神的敬畏和膜拜。女娲是"大母神",是人类母亲的符号代言。女神崇拜的社会基础是母系社会。在"知母不知父"的时代,女性作为人类生育繁殖的主体,既"生"且"育"。出于这样一种生殖崇拜,加上当时群婚制的盛行,女性的相对权威(如分配食物,照顾后代等职能)较高,人们创造了女娲这一造人女神。不仅如此，在其他民族中也广泛流传着类似的造人神话，如壮族姆六甲女神造人、水族创世女神牙线造人、基诺族的阿嫫晓造人等少数民族神话。它们无不体现了原始先民对女神的崇拜，女性本位主义在当时社会生活中的重要地位。（谷颖《满族三女神造人神话与女娲造人神话比较研究》）

从现存文献及相关神话传说来看，人类的产生主要有这样三种说法：一类是抟土作人，一类是化生造人，一类则是男女婚合孕育人类。（高有鹏《中国民间文学史》，王孝廉《中国的神话世界》）

首先来看"抟土作人"说。无论是中国神话中的女娲以泥土造人，还是西方神话中三女神以骨肉造人，都可以看出神的创造力是以物质为基础的。在原始社会，尤其看重"生产"——包括人自身的生产和生产生活资料的生产。"土"能生长植物，动物赖此而生存，人类于是才能繁衍生息。在原始思维中，"土"的生长万物又常与"人"的生育儿女相比附，成为同一类甚至是相同的事件。在原始神话中，常常通篇都是"生殖"隐喻。如，女娲抟土造人神话中的"引绳为人"情节常被视为人类的生殖、生育文化的象征性表达，"绳"本身具有隐而不彰的性象征意义。在浙江一带的民俗神话中，女娲又是通过"桃枝"来造人的。《诗经》中有《桃夭》篇，桃，在很早就象征着婚恋幸福、家庭美满、子孙繁衍。造人、制婚嫁、制笙簧的女娲，用"桃枝"来造人，其隐喻之意就不言而喻了。又如，《淮南子·天文训》中之"地维"常被认为是天幕与大地"交合"的象征，"地维"（一种绳状、带状之物）承担着系结天地交合阴阳的神圣使命。

其次来看"化生人类"说。所谓"化"就是变化、转化之意。郭璞将女娲一日之中七十化中的"化"解释为"变化"。袁珂也认为："'化'有'变'的意思，所以'变化'连文。'杜宇化鸟''牛哀化虎'。"又说："女娲之肠化为神的神话，疑女娲亦有死，死后亦如盘古之有化身，则因书阙有间，不能详其底蕴了。"（袁珂《古神话选释》）他认为盘古死后化出万物与女娲之"化"相同。今浙江一带流传着"撒尿婆"造人的神话，可以用于参考。故事说，撒尿婆躺在地上，饿了便吞食天上的云和地上的土。后来她睡着了，肚子一天天大了起来，有一天，从她的肚子里化生出许多的人，这些人从她肚子里出来之后，撒尿婆就消失了。

最后再来看"孕育人类"说。比较有名的便是大洪水后，伏羲女娲兄妹婚合而造人之说。此说不仅反映了这一时期人们已经认识到"生育"的秘密，不再"知母不知父"，而且反映了上古社会中的群婚制现象。当时，男人在"生育"上的价值逐渐被认识，再加上战争的洗礼，财富的集中，人类社会遂逐渐从母系、母权社会向父系、父权社会过渡。和前两种说法都属于"孤雌"崇拜不同，"男女婚合孕育人类"

是两性文明的重大进步。不过，前两种说法也并没有因此而消失，而是一直存在于文化底层，尤其是以"集体无意识"的形式根植于民族记忆之中，世代相传，不曾衰竭。

女娲补天

刘勤 严焱 撰
安艳月 绘

【原典】

○（先秦）佚名《山海经·大荒西经》："西海之南，流沙之滨，赤水之后，黑水之前，有大山名曰昆仑之丘……其下有弱水之渊环之，其外有炎火之山，投物辄然。"

○（西汉）刘安《淮南子·览冥训》："往古之时，四极废，九州裂，天不兼覆，地不周载；火爁炎而不灭，水浩洋而不息；猛兽食颛民，鸷鸟攫老弱。于是女娲炼五色石以补苍天，断鳌足以立四极，杀黑龙以济冀州，积芦灰以止淫水。"

○（西汉）刘安《淮南子·天文训》："昔者共工与颛顼争为帝，怒而触不周之山，天柱折，地维绝。天倾西北，故日月星辰移焉；地不满东南，故水潦尘埃归焉。"

○（清）曹雪芹《红楼梦》第一回《甄士隐梦幻识通灵 贾雨村风尘怀闺秀》："原来女娲氏炼石补天之时，于大荒山无稽崖炼成高经十二丈，方经二十四丈顽石三万六千五百零一块。"

附：

○袁珂《中国神话大词典》"女娲娘娘补天"条："初以泥补，嫌泥漏水；继用木堵，木被冲去。女娲方急无策，于海滨遇大虾鱼。大虾鱼问女娲：'汝有何事愁烦？'女娲曰：'顶天之布州山塌，天河复漏，现尚无法补之。'大虾鱼曰：'请砍我之四脚往顶天。'女娲不忍砍其脚，曰：'如砍汝脚，汝将何以行？'大虾鱼乃阴啮下己之四脚，以与女娲。女娲见大虾鱼无脚乃从裙上撕下四布,贴于大虾鱼身之两旁。乃以其二长脚顶天东,以二短脚顶天西,故今日落于西。女娲顶天稳,又往大山、大海觅五彩石无数,经熔炼后,以之补天,光滑美观常具五色。天已补就,女娲又以所余五彩石填地。由北而南,填至南方,五彩石用毕,南方遂未填。因此形成今之地势北高南低,水不断向南流。天地补就,女娲乃死。后人感其惠,筑女娲宫以为纪念。"

【今绎】

一

像往常一样,静谧而慵懒的午后,
女娲总会斜倚着一座小山打盹儿。
秀发从山顶垂下来,像瀑布一样,
男男女女,老老少少,
幸福地簇拥在女娲母亲的周围。
有的枕着她的秀发打鼾,
有的牵起她的秀发荡秋千,
还有的把她的秀发当滑梯。
斑驳的阳光洒满林间,铺满池塘,
麋鹿们欢快地喝了水,惬意地交颈而卧;
树懒还没啃完一个果子,便挂在树上一动不动了。
一切,都显得那么和谐、静好。

像往常一样,静谧而慵懒的午后,
女娲总会斜倚着一座小山打盹儿。

二

"轰隆——隆——",

远处突然传来声声闷响;

声音越来越近,后来竟如炸雷。

太阳受惊,化作金乌①尖叫着飞离日车;

乌云袭来,变成鬼影怒号着攫取光明。

"咔嚓——嚓——",

紧接着,天空开始倾斜,渐渐撕开一道裂缝;

星辰也随之移位、滑落,七零八落地砸下来。

再接着,西北方突然掉下来一块儿天,

缺了的地方,就露出黑乎乎的大窟窿:

熊熊天火喷薄而出,瞬间点燃了森林;

冰雹巨石从天而降,把大山砸得粉碎;

恶龙鸷鸟②争前恐后,将魔爪伸向老弱;

冥海③天河无问东西,从窟窿倾泻而下……

---

①金乌:古代神话传说太阳中有三足乌,因用为太阳的代称。汉刘桢《清虑赋》:"玉树翠叶,上栖金乌。"

②鸷鸟:凶猛的鸟,如鹰鹯之类。《孙子·势》:"鸷鸟之疾,至于毁折者,势也。"

③冥海:亦称"溟海",神话传说中的大海。《庄子·逍遥游》:"穷发之北,有冥海者,天池也。"《海内十洲记·聚窟洲》:"圆海,水正黑,而谓之冥海也。无风而洪波百丈。"

三

雷声惊醒了女娲的美梦，
洪水打湿了女娲的秀发。
她睁开眼，如同日月再生。
原本簇拥在女娲母亲周围的人们，赶紧躲到她身后；
然而那些呼叫着但还未及跑来的，已被砸死在半途。
或被猛兽鸷禽攫走而飞，或被滔滔洪水席卷而没……

四

女娲来到西边。
原来，水神共工①和天帝颛顼②争帝，
共工失败，恼羞成怒，
一头撞向西边的天柱——不周山③，
遂导致天崩地裂，满目疮痍。

---

①共工：古代传说中的天神，与颛顼争为帝，有头触不周山的故事。《淮南子·墬形训》："共工，景风之所生也。"

②颛顼（zhuān xū）：上古帝王名。"五帝"之一，号高阳氏。相传为黄帝之孙、昌意之子，生于若水，居于帝丘。十岁佐少昊，十二岁而冠，二十登帝位。在位七十八年。

③不周山：古代传说中的山名，据说在昆仑山西北。《山海经·大荒西经》："西北海之外，大荒之隅，有山而不合，名曰不周负子。"

雷声惊醒了女娲的美梦,
洪水打湿了女娲的秀发。
她睁开眼,如同日月再生。

五

"得赶快堵住这个窟窿,否则整个世界就毁了!"
女娲决定首先补天。
她搬来一座土山,掺水和泥,补在天上,
可是泥浆不牢固,恶龙鸷鸟一冲即破;
女娲又扛来木头,削短栓接,横于窟窿,
可是木头有缝隙,洪水滔滔照样倾泻。
女娲坐在残破的不周山上冥思苦想,
这时,一只五彩凤鸟飞来说:
"妈妈,妈妈,五色石①可以补天呐!"
"哦,对呵,五色石,我怎么给忘了!"

六

东方,女娲潜入大海,寻来青色石头;
西方,女娲疾步流沙②,拣来白色石头;
南方,女娲攀上崇岭,采来红色石头;

---

① 五色石:古代神话所说女娲炼的补天石。
② 流沙:沙漠地区中不固定的、常常随风流动转移的沙。

原来,水神共工和天帝颛顼争帝,
共工失败,恼羞成怒,
一头撞向西边的天柱——不周山,
遂导致天崩地裂,满目疮痍。

北方,女娲陟降①高原,找来黑色石头;
中原,女娲一览平川,取来黄色石头。
三万六千五百块石头堆在一起,
闪闪发光!

七

然后,女娲在地上挖了个大坑,放上大陶锅,
顺势引来天火冶炼五色石。
可已过了四天四夜,石头还没开始熔化,
女娲着急了,剪下指甲、秀发扔进火中,
火势猛然增大,五色石就渐渐开始熔化了。
五天五夜,它们全都变成了黏糊糊的石浆!

八

女娲把五彩石浆舀到大陶罐里,
又将陶罐擎在肩上,驾云补天。

---

①陟降(zhì jiàng):升降,上下。《诗·大雅·文王》:"文王陟降,在帝左右。"

她对准黑窟窿，奋力往上一泼，
一张五彩缤纷的布便飞往天空，
四只鸟儿立刻飞来，各衔一角，
铺向破裂处，一大片天立刻就补好了！

九

可是，石浆流动不止，
先是严丝合缝，后又渐渐翕张。
女娲只有加快速度，在其张开之前将其闭合。
所以，她马不停蹄，又去取石浆，再泼。
舀石浆，对准破裂处，泼！
舀石浆，对准破裂处，泼！
舀石浆，对准破裂处，泼！
……
凤凰率百鸟飞来帮女娲牵石浆布，
人与灵兽们则炼五色石、舀石浆。
大家配合得天衣无缝。
天火渐灭，窟窿渐小，裂缝渐合。
这样，一点一点地……

可是,石浆流动不止,
先是严丝合缝,后又渐渐翕张。
女娲只有加快速度,在其张开之前将其闭合。

十

天倒是补好了，可是没有天柱①，
天还是会塌，地还是会陷，
日月星辰无根，光明不发。
天和地还会合，四极将废。
可是，拿什么来做天柱呢?
一只巨龟主动咬断自己的四条腿：
"女娲母亲，请用这四腿立天！"
女娲急忙用藤叶包扎海龟的伤口。
她用龟的两长腿撑住东方和南方，
又用龟的两短腿立在西方和北方。

十一

天火熄灭，妖魔隐遁；
洪水消退，鸟兽归林；
星汉灿烂，各归其位；

---

①天柱：古代神话中的支天之柱。《淮南子·天文训》："昔者共工与颛顼争为帝，怒而触不周之山，天柱折，地维绝。"据此，不周山即为古之天柱。《神异经·中荒经》："昆仑之山有铜柱焉，其高入天，所谓天柱也，围三千里周圆如削。"

日月西行，百川东流；
万里晴空，焕然一新。
只是，女娲又累又困，
她灵巧的双手酸软无力，
她曼妙的腰肢仿佛折断。
她依依不舍地看了一眼这天地，
便消散沉睡于万物之中……

洪水消退,鸟兽归林;

星汉灿烂,各归其位;

日月西行,百川东流;

万里晴空,焕然一新。

【衍说】

如前所述,"女娲补天"神话最早见于《淮南子·览冥训》,是"四极废,九州裂,天不兼覆,地不周载"的补救性措施。因此,和西方洪水神话的"罪恶—惩罚"结构体系不同,中国的"女娲补天"神话属于"灾难—拯救—再生"序列。不过,灾难到底因何而生?《览冥训》并没有交代,但《天文训》有载:"昔者共工与颛顼争为帝,怒而触不周之山,天柱折,地维绝。天倾西北,故日月星辰移焉;地不满东南,故水潦尘埃归焉。"说共工与颛顼争霸,怒撞不周山,故天地倾覆。前后连贯起来分析,极有可能共工所破坏之天,即是女娲所补之天。这也是当今学界主流的观点。

据《览冥训》,女娲拯救灾难的过程是艰辛的,不仅有"炼五色石以补苍天",还有"断鳌足以立四极""杀黑龙以济冀州""积芦灰以止淫水"等一系列环节。

关于"炼石补天",学界说法众多。一说,五色石即彩云。《路史》记载"炼石成 ",即炼石成彩霞,彩霞即五彩云。彝族史诗《梅葛》里也说用彩云来补天。因此陶阳、钟秀在《中国创世神话》中说:"霞、云、虹,在阳光照射下,都可以发出五彩缤纷的颜色。原始初民说女娲炼五色石补天,这里的五色石可能是他们对于天际美丽的彩霞和彩云的幻想性解释。"一说,五色石即五金。清代赵翼在《陔余丛考·炼石补天》中认为，青、黄、赤、白、黑五金，皆生于石中。故女娲补天即原始炼金术的幻想性解释。一说，五色石即灵石、玉石崇拜（范三畏著《旷古逸史——陇右神话与古史传说》）。一说，五色石为阴阳五行凝聚之石。汉代以来，五行思想盛行。五行，作为天地万物生成的基本元素，自然可以"克"水（王金寿著《关于女娲补天神话文化的思考》）。本文对五色石的理解更倾向于后两种。

《淮南子·览冥训》中有"断鳌足以立四极"，即共工怒触不周山后，怪兽巨鳌趁机作乱，女娲杀掉巨鳌，并砍掉它的四足来支撑四极。不过，藏族神话则说大鳌见女娲苦恼，主动咬下自己的四足给女娲立四极（谷德明编《中国少数民族神话选》）。本文"巨龟主动咬断自己的四条腿"给女娲做天柱，正是采纳了藏族神话的说法。当然，此"巨龟"非彼"巨鳌"。除此之外，主要还有两种考虑。其一，本篇"女娲补天"的初衷和主旨是想突出女娲悲天悯人的大母神形象；其二，在本系列中另专设有女娲杀怪兽的篇目，故此处不涉及。

女娲斩黑龙

刘勤 王春宇 撰
周艺琳 绘

【原典】

○（战国）吕不韦《吕氏春秋·召类》："以龙致雨，以形逐影。"

○（西汉）刘安《淮南子·览冥训》："往古之时，四极废，九州裂，天不兼覆，地不周载；火爁焱而不灭，水浩洋而不息；猛兽食颛民，鸷鸟攫老弱。于是女娲炼五色石以补苍天。断鳌足以立四极，杀黑龙以济冀州，积芦灰以止淫水。苍天补，四极正，淫水涸，冀州平，狡虫死，颛民生。"高诱注："黑龙，水精也。"

○（东汉）许慎《说文解字》："龙，鳞虫之长，能幽能明，能细能巨，能短能长，春分而登天，秋分而潜渊。"

附：

○孟繁仁、孟文庆认为女娲斩杀黑龙其实是古代人民筑坝拦洪，与洪水搏斗的神话表达。（《〈漫话中华文明起源〉之四"杀黑龙以济冀州"与"筑坝拦洪"》，《世界》，2006年第1期）

【今绎】

一

遂古之初,
光明和黑暗的力量交织着。
光明带来温暖、雨露和生命;
黑暗带来阴冷、洪水和死亡。
光明和黑暗不停地斗争着,
有时黑暗占据上风,
搅得天昏地暗,生灵涂炭。
不过好在光明最终战胜了黑暗,
黑暗之主被囚禁、封存,
而残留在人间的黑暗之力,
幻化成了一条黑龙,
潜逃进了最深的海底,
再也不敢出来。

二

斗转星移,
各种各样的植物又生长起来了,
动物和人快乐地栖居在天地间,
处处充满了生机与活力。
人们在大地上辛勤劳作,
生活安宁而幸福。
就在大家几乎要将黑龙遗忘了的时候,
突然间电闪雷鸣,洪流奔涌,
海底剧烈的震动惊醒了沉睡的黑龙。
它闻到了熟悉的黑暗气味,
惊喜异常地用爪子刨开海底的沙石,一跃而起,
带起一股黑色的水柱,直冲云霄。

三

黑龙重获自由,
欣喜得在乌云里横冲直撞。
它的身体越变越大、越变越长。
"哈哈哈,是该活动活动筋骨啦!"

女娲斩黑龙

就在大家几乎要将黑龙遗忘了的时候,
突然间电闪雷鸣,洪流奔涌,
海底剧烈的震动惊醒了沉睡的黑龙。
它闻到了熟悉的黑暗气味,
惊喜异常地用爪子刨开海底的沙石,一跃而起,
带起一股黑色的水柱,直冲云霄。

黑龙刚劲的尾巴顺势一扫,
一座高山就被拦腰折断;
它锋利的爪子轻轻一挖,
就将丘陵变成了洼地;
它流着龙涎的大嘴一吼,
就让巨浪滔天,洪水横流!
黑龙体内不断涌动着原始的黑暗力量。
这股力量越来越强,使黑龙更加暴虐无常。
它任性地喷射邪火,只为消遣,
它肆意地吞噬生灵,只因无聊。

四

黑龙的罪行很快传到了天庭,
天帝得知人间生灵涂炭,心中十分焦急,
立刻派天神去人间收服黑龙。
天神领命后各显神通,
但是终究因为黑龙的法力过于强大,
他们死伤严重,无功而返。

女娲斩黑龙

黑龙体内不断涌动着原始的黑暗力量。
这股力量越来越强,使黑龙更加暴虐无常。
它任性地喷射邪火,只为消遣,
它肆意地吞噬生灵,只因无聊。

众神对黑龙体内的原始黑暗力量惊叹不已。

他们心急如焚，却又无计可施。

五

智慧天神说："黑龙是上古怪兽，

我们只有请女娲娘娘再次帮忙了！"

天帝叹了口气，说：

"女娲娘娘补天时已耗尽体力，

恐怕没有一万年的休养，便再难恢复如初了啊。"

智慧天神说："话虽如此，但这是非常时期。

女娲娘娘是上古大母神①，一天之中能有七十种变化，

她的身体里蕴含着宇宙最强大的能量，

只有她能消灭黑龙，拯救人间啊！"

于是，天帝虽不忍女娲出山帮忙，

却无奈只能在九天之上摆上祭品，焚香祈祷，

请求女娲再次出手援救。

---

①大母神："大母神"一词是英文"the Great Mother"的直译，或作"the Great Goddess"，是父系社会之前的最大神灵，也是史前社会意识形态的核心。叶舒宪认为："人类学家和宗教史家们确信，原母神是后代一切女神的终极原型，甚至可能是一切神的原始雏形。"因此本文中原始大母神女娲才拥有其他天神都无法达到的神力和智慧，能够打败黑龙。

女娲斩黑龙

于是,天帝虽不忍女娲出山帮忙,
却无奈只能在九天之上摆上祭品,焚香祈祷,
请求女娲再次出手援救。

六

凭借袅袅香烟,沉睡中的女娲,

听到了自己的孩子们正在撕心裂肺地哭喊,

看到了黑龙伸向人间大好河山的罪恶魔爪。

这位仁慈的大母神,

不禁落下了一滴晶莹的眼泪,

滴在如同焦炭的大地上,

"吱——",

浇灭了一大半邪火。

七

女娲收拾精魂,重铸肉身:

以柳枝为腰身,以芙蓉为面目,

以云朵为发髻,以彩虹为飘带。

她来到西山,砍下若木枝条做成宝剑;

又寻来夙条①,制成强韧有力的箭杆;

---

①夙条(sù tiáo):一种草。其形状与用来占卜的蓍草类似,而叶子是红色的,其根茎相互连结、丛生在一起,可以用来制作箭杆。《山海经·中次七经》:"有草焉,其状如蓍,赤叶而本丛生,名曰夙条,可以为簳(gǎn)。"

再将丝带似的建木树皮撕下来,
编成了一张能伸能缩的大网。
女娲把这些都带在身上,
便去找黑龙算账。

八

女娲对黑龙说:"黑龙! 若你不再为非作歹,
随我去昆仑山的悬圃,我便留你一条生路!"
黑龙从没有见过这样一位眉清目秀,看似弱柳扶风的女神,
正在小憩的它简直眼皮都懒得抬一下,
不耐烦地喷出两股恶臭的鼻息。
女娲见状,举起若木宝剑:
"那我女娲只好替我的孩子们除掉你!"
黑龙一听到"女娲"二字,不禁发起抖来,
它知道那可是有着无上神力的大母神。
狡猾的黑龙眼中含着泪水,恭敬地对女娲说:
"女娲娘娘,我再也不敢作恶了!
我已经囚禁在漆黑冰冷的海底几亿年了,
好不容易重见天日,
就请让我自由地生活在大海里吧。"

女娲见黑龙态度如此诚恳,便相信了它。

九

可是,黑龙本性使然,怎么能不出来作恶呢?
就在人们还没有重建好家园的时候,
黑龙便又出来胡作非为了。
女娲不再相信黑龙的承诺,暗想这一次一定要将它收服。
她将宝剑指向黑龙的头颅,
黑龙吓得满头大汗,匍匐在女娲的脚下,连连磕头,
苦苦地恳求她的原谅:
"女娲娘娘,都是我不好!
请放我一条生路吧,我愿意随你去昆仑山!"
女娲半信半疑:"你已经出尔反尔,我怎么能再相信你的话呢!"
黑龙的眼睛骨碌一转,猛地一甩头,
用尖锐的牙齿一口咬断了自己的尾巴。
顿时黑血喷涌而出,黑龙疼得大声长啸。
女娲动了恻隐之心①,便带黑龙飞往昆仑山。

——————

①恻隐之心:指对别人的不幸产生的同情怜悯之心。《孟子·公孙丑上》:"由是观之,无恻隐之心,非人也。"

阴险的黑龙放出一阵毒雾,
自己化成一条小龙,躲在乌云里逃跑了。

十

黑龙逃到冀州①,肆无忌惮地吃人,它开心极了!
原本断了的尾巴竟然又长了出来。
女娲再也忍无可忍,她决心斩杀这罪大恶极的黑龙!
女娲腾空一跃,俯瞰着这个世界,
她发现了盘踞在冀州的黑龙。
不由分说,女娲抽出身后的夙条箭,
"嗖——嗖——",射瞎了黑龙的双眼。
黑龙再次陷入了黑暗之中,它害怕极了。
剧烈的疼痛使黑龙在空中胡乱翻腾,
疯狂地向四周喷射有毒的水柱。

---

①冀州:古九州之一,指今陕西和山西间黄河以东,河南和山西间黄河以北,山东西北和河北东南部地区。

女娲举起若木宝剑,用尽神力朝黑龙的脖颈狠狠地刺去。

十一

女娲迅速俯冲,躲到了黑龙的下方,
又以雷霆之势跃起,闪到了黑龙的耳边。
黑龙摇晃着巨大的头颅,凭着感觉,
伸出锋利的爪子想去扑挠女娲。
女娲举起若木宝剑,用尽神力朝黑龙的脖颈狠狠地刺去。
黑龙一命呜呼!
黑龙巨大的身体从天而降,
将原本高山连绵的冀州砸成了一个平原。
女娲撒下建木网,
将黑龙收成拳头大小,埋在了悬圃的深处。

十二

女娲强撑着没有复原的精魂收服了黑龙。
此时的女娲,已经疲惫不堪。
女娲倒在一片云彩上,远远看着孩子们可爱的笑脸,
她突然觉得沉重的躯体轻松起来了。
越来越轻,越来越轻……
女娲的精魂化作了风中的精灵,

女娲倒在一片云彩上,远远看着孩子们可爱的笑脸,她突然觉得沉重的躯体轻松起来了。

越来越轻,越来越轻……

她拂开天空的阴云，让人间洒满阳光；
她穿过田野庄稼，带来丰收的希望；
她亲吻每一个孩子的脸颊，
给予他们一切美好的祝愿……
女娲娘娘，成为人们永远怀恋的妈妈。

【衍说】

  关于女娲收服黑龙的神话，文献记载较少，也无从考证女娲补天和杀黑龙的先后顺序。本文依据《淮南子》中对女娲功绩的叙述顺序，将斩杀黑龙放在了补天之后。

  黑龙为祸人间，天神均束手无策，为什么唯有女娲可以运用神力斩杀黑龙呢？根据文化人类学家的考证，这主要是因为女娲是原始大母神。刘勤在《性别文化视域下的神话叙事研究之一：女神论》中通过大量的原始材料论证了大母神的全能性特征，指出神格的"全能"是以生殖为出发点和归宿点。所以女娲的诸多神格也是由生殖派生出来的，脱离不开生殖功能的神秘笼罩。女娲治水体现出她具有水神神格的一面。然而从某种意义上考虑，水意象又与生殖现象密不可分。世界各国的原始神话中都不乏洪水神话，在子宫的羊水里浸泡的胎儿被喻为在洪水中漂浮着的幸存者，这两者之间具有一定的类比性。在中国古代神话意象中，龙常与水同时出现，龙生活在水里、龙可以喷水、龙王是水神……所以黑龙亦是水精，对洪水起着推波助澜的作用，女娲斩杀黑龙是其职责所司。

  从神话传说的角度而言，黑龙不是一般的水精，而是黑暗原始力量的代表。它曾想和光明力量争霸，败北后虽然沉睡在海底，却积压了惊人的戾气。所以黑龙被惊醒之后，便迫不及待地出来为祸人间。黑龙的立场是和人民对立的，是和正义对立的，这决定了它的恶性。除掉黑龙是人心所向。而女娲面对黑龙是怎么样的情感呢？女娲出于善良，想给黑龙一次机会，相信了它的承诺。后来黑龙食言，女娲出于对生命的尊重，想放它一条生路，让它生活在昆仑山上。黑龙逃跑后继续为非作歹，女娲看清了黑龙无法教化的本质，盛怒之下将它斩杀。我们可以看出，女娲即便是对于黑暗所化的黑龙，也是希望能够教化它的，这体现出女娲对生命本身的尊重和慈爱。不过，从另一方面看来，女娲将仁慈施与邪恶，并没有感化邪恶，反而给了邪恶愈演愈烈的机会。我们也应吸取教训，擦亮眼睛认清邪恶的真面目，果断决绝地消灭它。

女娲补天时把自己化成了石头，并且和天空融为一体。沉睡已久的女娲，在儿女的哭声中被唤醒，不顾身体情况，违背自然规律重返人间去帮助人类。这正是女娲的母性使然。女娲将所造的人类看作是自己的儿女，无论如何都要排除万难去帮助他们，这彰显出女娲无私无畏的母爱。现代社会中一些不负责任的母亲是否应该汗颜？母亲，不仅仅是一个身份，更是一种责任。我们人人都有母亲，应该体恤母亲，身体力行地去报答母亲的养育之恩。

综上，只有原始大母神女娲发挥其水神的神力才能斩杀黑龙，拯救人类于水火之中。也正是由于其母神神性中的仁慈，女娲才会对黑龙存在教化之情，恻隐之心，从而被黑龙所利用。不过女娲最终明白了黑龙非杀不可，护佑孩子的信念支撑着她，母爱的力量驱使着她，使她不顾自身，用尽神力将黑龙斩杀。母爱是世间大爱，有着感天动地的力量。正是如此，关于女娲娘娘的神话才会历久弥新，为后世所铭记，成为悠悠中华文化中的重要一章。

女娲正地维

刘勤 田宓 撰
郑枭敬 绘

【原典】

○（先秦）佚名《山海经·大荒西经》："有神十人，名曰女娲之肠，化为神，处栗广之野，横道而处。"郭璞注："或作女娲之腹。"又云："女娲，古神女而帝者，人面蛇身，一日中七十变，其腹化为此神。"

○（先秦）佚名《山海经·海内经》："息壤者，言土自长息无限，故可以塞洪水也。"

○（战国）列子《列子·汤问》："天地亦物也。物有不足，故昔有女娲氏炼五色石以补其阙，断鳌之足以立四极。其后共工氏与颛顼争为帝，怒而触不周之山，折天柱，绝地维。故天倾西北，日月星辰就焉；地不满东南，故百川水潦归焉。"

○（西汉）刘安《淮南子·天文训》："昔者共工与颛顼争为帝，怒而触不周之山，天柱折，地维绝。天倾西北，故日月星辰移焉；地不满东南，故水潦尘埃归焉。"

○（西汉）刘安《淮南子·览冥训》："往古之时，四极废，九州裂，天不兼覆，地不周载……于是女娲炼五色石以补苍天，断鳌足以立四极，杀黑龙以济冀州，积芦灰以止淫水；苍天补，四极正，淫水涸，冀州平，狡虫死，颛民生。"

○（东汉）王充《论衡·顺鼓篇》："传又言共工与颛顼争为天子，不胜，怒而触不周之山，使天柱折，地维绝，女娲销炼五色石以补苍天，断鳌足以立四极。"

○(东汉)王充《论衡·谈天篇》:"儒书言:'共工与颛顼争为天子,不胜,怒而触不周之山,使天柱折,地维绝。女娲销炼五色石以补苍天,断鳌足以立四极。天不足西北,故日月移焉;地不足东南,故百川注焉。'此久远之文,世间是之言也。"

○(晋)葛洪《抱朴子·释滞》:"女娲地出。"

○(唐)司马贞《史记·补三皇本纪》:"女娲氏……其末年也,诸侯有共工氏……乃头触不周山,崩,天柱折,地维缺。女娲乃炼五色石以补天,断鳌足以立四极,聚芦灰以止滔水,以济冀州。于是地平天成,不改旧物。"

○(南宋)罗泌《路史》罗苹注引《尹子·盘古篇》:"共工触不周山,折天柱,绝地维,女娲补天,射十日。"

【今绎】

一

一切，皆因共工怒撞不周山而起。
三界大乱，维系大地的带子被绷断。①
高山塌陷，地壳断裂。
人群和牲畜、房屋、大树一起，
像蚂蚁一样，纷纷掉落到裂缝之中。
汩汩洪水，从缺口、裂缝中涌出来，
与天水合一，无情地冲刷着整个世界。
恶龙怪蛇趁机作乱，从地下噌噌地钻出。
天火蔓延，与地火烧作一片……

---

① 《列子·汤问》《淮南子·天文训》《论衡·谈天篇》等均有记载：共工和颛顼争帝，共工怒触不周山，导致天柱折，地维绝。

汩汩洪水,从缺口、裂缝中涌出来,
与天水合一,无情地冲刷着整个世界。
恶龙怪蛇趁机作乱,从地下噌噌地钻出。
天火蔓延,与地火烧作一片……

二

女娲从下面将整个大地托起,①
可是,很快,大地彻底裂开。
女娲遂将自己的肠子,
化作十个身强力壮的神人。②
神人像她一样,也从下面将大地托起。
他们用两只手急按从地泉中冒出的洪水,
用两只脚猛踢从裂缝中跑出的怪兽。
可是洪水越来越大,怪兽越来越多。
几条恶龙撕咬着神人的臂膀,
毒蛇趁乱咬伤了女娲的脖子。

三

"女娲娘娘,快想想办法吧!"一个神人央求道。
女娲还没来得及回答,另一个奄奄一息的神人又说:
"自盘古开天辟地以来,还没有过这么大的灾难!

---

①《抱朴子·释滞》:"女娲地出。"女娲具有地母神格。
②《山海经·大荒西经》:"有神十人,名曰女娲之肠,化为神,处栗广之野,横道而处。"

看这阵势,恐怕是难逃此劫啊!"

说完,虚弱的神人就化成了一块石头。

其他神人见状惊恐不已,急得像热锅上的蚂蚁。

这时,不知谁的嘴里蹦出了"五彩石"①三个字。

女娲豁然开朗,立刻想到了补天没用完的五彩石浆。

可是,当她找到时,五彩石浆已经干涸,凝固得差不多了。

四

女娲很失望,

她只能继续寻找别的材料。

一路上,女娲为了救助动物和人类,

时而化作木舟,搭救被洪水淹没的生灵;

时而变成鹏鸟,用翅膀扇灭蔓延的野火;

时而变成飞蛟,与恶龙追赶厮杀于裂口……

---

① 《史记·补三皇本纪》:"女娲乃炼五色石以补天。"《淮南子·览冥训》:"于是女娲炼五色石以补苍天。"《论衡·顺鼓篇》与《论衡·谈天篇》:"女娲销炼五色石以补苍天。"

就这样,女娲一日之中,竟变化七十次!①

五

突然,女娲身体一晃,眼前一黑,倒了下去。
她面色紫胀,浑身无力,原来是蛇毒发作。
再加上日夜不眠不休,心力交瘁,
女娲力尽神危,倒在了滚滚洪水之中。
洪水愈发汹涌,发出咆哮,发出嘲笑。
女娲的身体像一片叶子,
在此起彼伏的浪涛中若隐若现。
九天众神使力抓不住女娲,
水中虎蛟腾跃托不起女娲。
不省人事的女娲就这样,
随着滔天的洪水四处漂流。

---

①《山海经》郭璞注又云:"女娲,古神女而帝者,人面蛇身,一日中七十变,其肠化为此神。"

六

昏迷的女娲不知道漂了多久,
这时,两只黄鸟①急急飞来,
一只口中衔着金灿灿的芦草,
另一只则绕着女娲飞了两圈,
用翅膀洒下神水为女娲解毒。
"女娲神,快醒醒,快醒醒!"
黄鸟焦急万分,拉扯着女娲的衣襟。
女娲缓缓睁开眼,眼神迷离,意识朦胧。
黄鸟连忙说道:"芦草! 芦草!"
女娲强撑着身体坐了起来,听黄鸟们细细道来。

七

原来,这芦草是昆仑山上的一种奇草。

---

①黄鸟:《山海经·大荒南经》:"有巫山者,西有黄鸟。帝药,八斋。黄鸟于巫山,司此玄蛇。"郭璞注:"天帝神仙药在此也。"

这芦灰具有息壤般的神奇妙用。

任它洪水滔天,沟壑纵横,

只要有芦灰,就能解决。

若用祝融①的神火将其燃烧，就能获得吸水芦灰。②

这芦灰具有息壤③般的神奇妙用。

任它洪水滔天，沟壑纵横，

只要有芦灰，就能解决。

女娲的精神为之一振，

立刻跟随黄鸟前往昆仑山。

动物们纷纷前来帮忙。

兔子、老鼠咬断芦草，

赤豹、麋鹿运输芦草。

人们摆设牺牲，跪求祝融降下神火。

芦草有序地收集着，

祝融神也被人们的诚心感动，降下神火。

---

①祝融：《山海经·海内经》："炎帝之妻，赤水之子听訞生炎居，炎居生节并，节并生戏器，戏器生祝融。"《山海经·海外南经》："南方祝融，兽身人面，乘两龙。"郭璞注祝融："火神也。"

②《史记·补三皇本纪》："女娲氏……聚芦灰以止滔水，以济冀州。"《淮南子·览冥训》："积芦灰以止淫水。"

③息壤：《山海经·海内经》："息壤者，言土自长息无限，故可以塞洪水也。"

那些侥幸逃脱的猛兽,伺机报复。

八

可谁也不曾想到,
那些侥幸逃脱的猛兽,伺机报复。
趁女娲不在,
蛊雕①冲出水面,张开大口把新鲜的芦草统统吃掉;
鸣蛇②从天而降,呼呼吹气把祝融的神火一一吹灭;
大狰③站定山顶,齐甩五尾把刚收集好的芦灰打翻。
四处一片狼藉,猖狂的猛兽们阴险冷笑。
女娲杏眼圆睁,将它们封锁于深渊之中。
经过一番艰难险阻,芦灰终于收集完毕。
女娲乘坐应龙驾驶的雷车,
身后跟着驮负芦灰的青虬、白螭、奔蛇,穿梭于云雾之间,
赶赴洪水泛滥的东南方。

---

①蛊雕:《山海经·南山经》:"又东五百里,曰鹿吴之山,上无草木,多金石。泽更之水出焉,而南流注于滂水。水有兽焉,名曰蛊雕,其状如雕而有角,其音如婴儿之音,是食人。"

②鸣蛇:《山海经·中山经》:"又西三百里曰鲜山,多金玉,无草木,鲜水出焉,而北流注于伊水。其中多鸣蛇,其状如蛇而四翼,其音如磬,见则其邑大旱"。

③狰(zhēng):《山海经·西山经》:"又西二百八十里,曰章莪之山,无草木,多瑶碧。所为甚怪。有兽焉,其状如赤豹,五尾一角,其音如击石,其名如'狰'。"

九

还好来得及时,
洪水刚好淹没峰顶。
女娲一声令下,
青虬、白螭、奔蛇立刻受命,
在滔天的洪水上方盘旋,
将这些天辛苦收集的芦灰,
尽撒于洪水之中。

十

芦灰一遇到水,就立刻化成闪闪发光的黑土。
泥水像岩浆一般,流进了地缝,流进了缺口,
并能根据地缝、缺口的形状,自动黏合、修补大地。
那芦灰化作的黑土十分肥沃,后来成了一片片良田。
据说那芦灰化作的黑乎乎的泥土就是现在的黑土呢!
芦灰撒得不均匀,
高的地方,变成了巍峨的高山,
低的地方,形成了曲折的河流。

女娲一声令下,
青虬、白螭、奔蛇立刻受命,
在滔天的洪水上方盘旋,
将这些天辛苦收集的芦灰,
尽撒于洪水之中。

十一

女娲当初用自己的十肠变作的神人，
因神力透支接二连三地僵化成石头。
女娲用手将石人搓成一根根细绳，
作为重新维系大地的带子。

女娲正地维

【衍说】

　　晋代葛洪在《抱朴子》中记载:"女娲地出。"《风俗通义》记载:"俗说天地开辟,未有人民,女娲抟黄土作人。"东汉许慎《说文解字》女部释"娲"曰:"古之神圣女,化万物者也。"《山海经·大荒西经》记载:"有神十人,名曰女娲之肠,化为神,处栗广之野,横道而处。" 这些文献记录将女娲与大地紧密地联系在一起,为女娲"正地维"的神话故事增添了想象的羽翼。 女娲抟土造人,化生万物,赐予万物生命。 她本身就是"地母"的化身,女娲的"地母"神格也因其"正地维"的故事得以突显和强化。

　　战国的《列子》和汉代的《淮南子》《论衡》等古籍中,已经通过不同的方式记录了"女娲正地维"的故事,如"绝地维""地维绝""四极正,淫水涸""积芦灰以止淫水"等明确的文字记载。 从现存史料来看,尽管"女娲正地维"的具体故事情节没有完整的典籍记载,但是通过对数则零散的原典材料的归整与分析,我们不难得出这样的结论:女娲用芦灰吸干洪水,并且填补了裂缝,让人类生存的空间变得完整而有序,这不仅拯救了岌岌可危的大地,而且还拯救了天下黎民百姓。 从某种意义上来说,消除洪水和补足大地对于人类的发展具有同样的重要作用。 因为只有止息了洪水,补足了大地,天地才能维持平衡,万物才能生生不息。 因此,司马贞《史记·补三皇本纪》中记载了女娲补天地之后，又有"于是地平天成，不改旧物"的感慨。

"女娲正地维"（或说女娲补地）常被视为补天的后续环节，或是洪水神话的主要组成部分。《史记》《淮南子》等历史文献中都是"女娲炼石补天"记载在前，"积芦灰以治水"记载在后，其结果也是"苍天补，四极正，淫水涸，冀州平，狡虫死，颛民生"这样的顺序。文献中这样的记载顺序也为人们提供了"补天在前，补地在后"这种固有认知的来源与出处。女娲补天具有毋庸置疑的神圣性，而女娲正地维传说也具有独特的创造性。如果说女娲补天拯救了世界，那么女娲正地维则是完善了世界。与女娲补天拯救了世界不同的是，地母女娲在地裂的危亡时刻，除了利用自己的神力拯救天地与苍生外，还利用了芦灰吸水这一特性，"聚芦灰以止滔水"，即用芦灰形成的泥土补地，使得"地平天成"。女娲补天与正地维记叙顺序不同，意义不同，人们的认知度不同，但这两者相辅相成，共同完善了人类赖以生存的大地，也彰显了地母女娲的责任感。

女娲正地维时所用的芦灰到底为何种土壤呢？一说芦灰是息壤，郭璞注："息壤者，言土自长息无限，故可以塞洪水也。"也就是说，息壤是一种可以自己生长、膨胀的土壤。一说芦灰是黑土，黑土是具有强烈胀缩和扰动特性的黏质土壤，也是一种性状好、肥力高，非常适合植物生长的土壤。

作者较为赞同后一种说法。芦灰在当代来看，更类似于一种肥料——草木灰。草木灰是植物燃烧后的残余物，是一种来源广泛、成本低廉、养分齐全、肥效明显的无机农家肥。因此，芦灰也可能就是最早的肥料。这样来看，认为芦灰为黑土的缘由就有两点：一是就黑土胀缩特性来说，用来补地也是比较合适的；二是它是肥沃的土壤，其中就可能含有丰富的肥料（芦灰），对于耕种极为有利。中国作为农业大国，有这种土壤无异于锦上添花。因此将女娲补地所用土壤定为黑土的话，也是较为合理的。

女丑祷求雨

刘勤 高蓉 撰
王芝超 绘

【原典】

○(西周)周公旦《周礼·春官·女巫》:"掌岁时祓除衅浴,旱暵则舞雩。"

○(先秦)佚名《山海经·大荒东经》:"海内有两人,名曰女丑。女丑有大蟹。有人衣青,以衣袂蔽面,名曰女丑之尸。"

○(先秦)佚名《山海经·海外西经》:"女丑之尸,生而十日炙杀之……以右手鄣其面。十日居上,女丑居山之上。……龙鱼陵居在其北,状如鲤……有神巫乘此以行九野。"郝懿行云:"十日并出,炙杀女丑,于是尧乃命羿射杀九日也。"珂案:"然所谓炙杀,疑乃暴巫之象,女丑疑即女巫也。古天旱求雨,有暴巫焚巫之举。"

○(晋)郭璞《山海经图赞·女丑尸》:"十日并熯,女丑以毙,暴于山阿,挥袖自翳。"

○(宋)罗泌《路史》注引《尹子·盘古篇》:"女娲补天,射十日。"

【今绎】

一

突然有一天,十个太阳齐照大地,
火辣辣的光芒狰狞无比,
炙烤着天地间的一切生灵。
草木枯死,河流干涸,飞鸟坠地……
人们纷纷抛家弃舍,躲进山洞,
眼望着逐渐龟裂的大地……

二

女丑①是部族的巫师,法力高强。
她刚要骑独角龙鱼②出去巡视九野③。
突然,族人们因为饥渴而绝望的眼神映入眼帘,

---

①女丑:亦作"女仉"。女巫名或神名。
②龙鱼:即龙鲤,一说指鲵鱼,人鱼。《山海经·海外西经》:"龙鱼陵居在其北,状如狸。"郭璞注:"龙鱼似狸,一角。"
③九野:九州的土地。《后汉书·冯衍传下》:"疆理九野,经营五山。"李贤注:"九野,谓九州。"

她便拍了拍独角龙鱼的背,说:

"龙鱼,咱们得赶快回去。 族人需要一场大雨,就看你的了!"

独角龙鱼摆了摆尾巴,应了一声,像海豚的声音那样清脆。

人们一听到这声音,就知道是独角龙鱼来了,非常欣喜。

大家都探出头来,巴巴儿地望着天空,心中默默祈祷。

若是以往,独角龙鱼一声长啸,

东海必然掀起狂风巨浪,倾盆大雨随之而来。

可是这次过了一个时辰,仍然没有一点动静。

女丑立刻骑着独角龙鱼去东海探寻,

当她来到东海才发现,东海已经干涸。

三

女丑大吃一惊,立刻又骑着独角龙鱼来到北海。

在北海,有一只大蟹,听从她的号令。

只要大蟹打个喷嚏,北海的海水便立刻会变成人间的甘霖。

可如今,北海里只剩下大蟹绵延千里的脊背,

一滴水也没有了!

女丑还抱着希望,于是对大蟹说:

"人们需要雨,大蟹,请你打个喷嚏试一试吧!"

女丑是部族的巫师,法力高强。

她刚要骑独角龙鱼出去巡视九野。

突然,族人们因为饥渴而绝望的眼神映入眼帘,

她便拍了拍独角龙鱼的背,说:

"龙鱼,咱们得赶快回去。族人需要一场大雨,就看你的了!"

大蟹打了好几个喷嚏,也不见一滴雨落下来。
女丑失望地回去了。

四

接连三天,十个太阳在天空中不断释放热量,
许多老人小孩都渴死了。
听到族人们哀嚎,女丑非常焦心。
若是再这样持续下去,族人肯定会死光的。
作为女巫,女丑肩负着保护族人的职责,
于是决定将自己作为牺牲,希求上天普降甘霖。

五

清晨,十个太阳刚刚站到扶桑树的枝头,
灼浪滚滚,像车轮碾着原野。
人们擎着旌旗,敲着钟鼓,吹着骨笛,
浩浩荡荡地朝祭坛走去。
一群嘴唇干裂、皮肤黝黑的男人,裸露着布满文身的肌肉,
抬着一顶用树枝和藤条编制的彩轿——上面坐着女丑,

艰难地爬上了高高的祭坛。

六

祭坛上摆着青蛇和新鲜的三牲①。
女丑穿着一身青衣,光着脚丫,在祭台上载歌载舞,
她的声音颤抖而嘶哑,时而痛哭,时而大笑,
她的眼神明亮而哀伤,时而希冀,时而恐惧。
她的舞步轻快而优美,诡谲而神秘。
人们围跪在祭坛边,嘴里喃喃地祈祷,
时而抬眼望天,企盼着奇迹的发生。

七

祭坛上的石头太烫了,不到一个时辰,
人们受不了太阳的炙烤,纷纷离去。
有人劝女丑说:"神巫,回去吧,没用的!"
女丑摇摇头说:

———————

①三牲:有大三牲和小三牲之别。牛、羊、猪,俗谓大三牲;猪、鱼、鸡,俗谓小三牲。

祭坛上摆着青蛇和新鲜的三牲。

女丑穿着一身青衣,光着脚丫,在祭台上载歌载舞,她的声音颤抖而嘶哑,时而痛哭,时而大笑,她的眼神明亮而哀伤,时而希冀,时而恐惧。

"不！只要我足够虔诚，一定会求来雨！"

八

十个太阳渐渐升到了中天，
祭坛滚烫如烙铁，
女丑的脚一挨着地面，
便发出"吱——"的一声，
白烟升起，一股焦臭扑面而来。
女丑的脚，瞬间被烫出了血泡！
她咬着牙，艰难地坚持着，坚持着，
她的心中只有一个信念——
要为族人求来生命之雨。

九

一个时辰过去了，两个时辰过去了……
天空中除了十个逞凶的太阳，
竟然连一丝云影都没有。
女丑的喉咙，已经干渴得唱不出来了，

她的双脚,血肉模糊,再也跳不动了。
女丑精疲力竭地倒在祭坛上,
青衣被烧燃……

十

"轰隆隆——",
突然,一声闷雷裹挟着乌云从远处滚滚而来。
女丑用最后的一点力气睁开眼睛,
透露出惊喜而感激的眼神。
太阳的光辉太刺眼,
女丑艰难地抬起右臂遮住阳光。
当第一滴雨落下的时候,
她咽下了最后一口气。

突然,一声闷雷裹挟着乌云从远处滚滚而来。
女丑用最后的一点力气睁开眼睛,
透露出惊喜而感激的眼神。
太阳的光辉太刺眼,
女丑艰难地抬起右臂遮住阳光。
当第一滴雨落下的时候,
她咽下了最后一口气。

【衍说】

射日神话，最有名的当数后羿射日。但《路史》注引《尹子·盘古篇》却云："女娲补天，射十日。"和许多神话故事主角由女而男一样，射日神话的主角由女娲演变为后羿。其间最重要的原因是母系氏族向父系氏族的转变。女娲射日应在后羿射日之前。如此，十日神话应在女娲之时就有，这在"羲和生十日""常羲生十二月"（羲和、常羲的原型都应是女娲）等神话中还有些残留，后来则变为尧帝时的故事了。

巫文化是我国乃至世界文化史上延续时间最长、内容最为丰富的文化形态之一，并对后世的文学、音乐、天文、舞蹈、医学、哲学等各方面都产生了深远的影响。

被称为"古之巫书"的《山海经》中，"巫"名、"巫"事随处可见。其中，巫师也很多。远古时代，巫师既是政治领袖，又是宗教领袖。后来才是政教分离，政治领袖凌驾于宗教领袖。宋代罗泌说："炎帝神农氏令司怪主卜，巫咸、巫阳主筮，于是通其变，以成天下之文，极其数，以定天地之象。"本文故事中的女丑便是名能沟通天地，神通广大的女巫。她可以驾驭龙鱼，召唤大蟹，沟通人神。她又至诚至坚，为了族人，甘愿牺牲自己，求得甘霖。

巫术的产生，是基于远古人类对自然的朴素崇拜，并进而想驾驭它以趋利避害。按照弗雷泽的观点来看，巫术有接触巫术和模拟巫术。从主观愿望上来讲，既有贿神、娱神和媚神的正面巫术，又有祓除、压胜、禁忌等负面巫术。就本故事来说，以女巫、蛇为牺牲来祷求雨，包含着模拟巫术，女性和蛇在远古都是"终始相续"的大母神的象征；以女巫、蛇、三牲为祭品，又是贿神的体现。此外，女丑在祭坛上载歌载舞，或哭或笑，又是娱神和媚神的体现。《山海经》中多处写到"祠"神时，会用到"羞酒""干舞""万舞"。道教经典《太平经钞》说，"合阴阳，男女无冤结者，致时雨降"，又说"天若守贞，即时雨不降"。董仲舒在《请雨法》中记载，女巫求雨过程中要全裸"曝巫"，皆是娱神、媚神的体现。

最初表示隆重，祭品常常使用人牲，这在春秋战国时期还有遗留。孔子曾对这种"陋习"给予斥责。本文的故事便是基于中国历史上著名的"曝巫"主题。最初能作为人牲的还并非是一般人，而应是人王或者宗教领袖，认为这样才有巫术效用。商汤就曾因大旱，而曝晒自己以求雨。《竹书纪年》记载："二十四年大旱，王祷于桑林，雨。"《尚书大传》云："汤伐桀之后，大旱七年，史卜曰'当以人为祷'，汤乃剪发断爪，自以为牲。祷于桑林之社。"当然，演变到后来，人牲的充当者多半为奴隶和俘虏。

忠贞的浮游

刘　勤　王春宇　撰
司　琳　绘

【原典】

○（春秋）左丘明《左传·昭公七年》："郑子产聘于晋。晋侯疾,韩宣子逆客。私焉曰:'寡君寝疾,于今三月矣,并走群望,有加而无瘳,今梦黄熊入于寝门,其何厉鬼也?'对曰:'以君之明,子为大政,其何厉之有? 昔尧殛鲧于羽山,其神化为黄熊,以入于羽渊,实为夏郊。三代祀之,晋为盟主,其或者未之祀也乎?'韩子祀夏郊,晋侯有间,赐子产莒之二方鼎。"

○（战国）荀况《荀子·解蔽》："浮游作矢。"

○（西汉）刘向《说苑·辨物篇》："今梦黄熊入于寝门。"

○（东汉）王充《论衡·死伪篇》："鲧化黄熊,则谓鲧殛(jí)羽山。"

○（唐）刘知几《史通·外篇》卷十六："其《晋春秋》篇云:'平公疾,梦朱罴(pí)窥屏。'《左氏》亦载斯事,而云'梦黄熊入门'。"

○（宋）李昉《太平御览》引《汲冢琐语》："晋平公梦见赤熊窥屏,恶之,而有疾。使问子产。子产曰:'昔共工之卿曰浮游,既败于颛顼,自没沉淮之渊,其色赤,其言善笑,其行善顾,其状如熊。常为天下祟,见之堂上,则王天下者死,见堂下则邦人骇,见门,近臣忧,见庭,则无伤。窥君之屏,病而无伤。祭颛顼、共工则瘳(chōu)。'公如其言,而疾间。"

○（宋）罗泌《路史》卷十一："(共工)爰以浮游为卿。"

【今绎】

一

寝殿的屏风之后有一双眼睛,
正窥视着晋平公。
眼睛的主人是一只赤红色的熊,
这只熊非常古怪,
它面带微笑,态度温和,
喉咙里发出"咕噜噜"的声音,
像是要和晋平公说话。
晋平公心里骇然,不敢正视,
但又始终无法摆脱那双盯着他的眼睛,
无法从梦魇中清醒过来。

二

因为屡次被困在噩梦当中,
晋平公病了。
晋国的百姓议论纷纷,

寝殿的屏风之后有一双眼睛,
正窥视着晋平公。
眼睛的主人是一只赤红色的熊,
这只熊非常古怪,
它面带微笑,态度温和,
喉咙里发出"咕噜噜"的声音,
像是要和晋平公说话。

说是因为国君近日梦见了凶灵；
文武百官手足无措，
只好去郑国请来了大臣子产①。
子产听完晋平公的诉说，解释道：
"陛下看见的，
应当是昔日共工的臣子浮游，
共工战败给颛顼以后，
浮游也在淮水投河自尽了。"

三

这天晚上，浮游再次入梦，
出现在了晋平公寝殿的屏风之后，
晋平公厉声问道：
"浮游！ 你为何要在人间作祟？"
被叫出了名字，浮游不再继续躲藏，
他自己说道："我心中有怨气，
因此灵魂得不到安息。"

---

①子产：春秋时郑大夫公孙侨的字。一字子美。郑简公十二年为卿，二十三年起执政，治郑多年，有政绩。郑声公五年卒。郑人悲之如亡亲戚。《论语·公冶长》："子谓子产，有君子之道四焉，其行己也恭，其事上也敬，其养民也惠，其使民也义。"

晋平公厉声问道:

"浮游!你为何要在人间作祟?"

被叫出了名字,浮游不再继续躲藏,

他自己说道:"我心中有怨气,

因此灵魂得不到安息。"

四

原来,昔年共工与颛顼争帝,
浮游全力辅佐。
他虽然相貌凶恶,但本领高强,
又足智多谋,骁勇善战,
对共工更是忠心耿耿,
因此深得共工信赖和重用。

五

浮游有一种神力
——能够预测未来发生的事情;
而且他擅长制作威力巨大的弓箭流矢,
凭借这些本领,
他帮助共工赢得了无数场战争的胜利。

六

和颛顼进行最后一场战役之前,

浮游看到了这场战争的结局,
他劝诫共工鸣金收兵,等待时机;
但共工十分自负,
屡战屡胜让他认为自己的军队常胜不败,
因此没有听从浮游的劝告。

七

最后共工战败了,
他在愤怒之下撞倒了不周山,
导致天地倾斜。
浮游带着共工残余的部队逃走,
逃到淮河边的时候,
前方已经没有路了。
颛顼钦佩浮游的忠心,也看重他的能力,
想把他纳入麾下;
浮游看到了未来在颛顼的治理下,
海清河晏、百姓安居乐业的景象。
他对颛顼说:"你会是一个受百姓爱戴的君王,
但我是共工的臣子,理应对他忠诚,始终如一。"
他说完,便毫不犹豫地跳进了淮河。

浮游带着共工残余的部队逃走,
逃到淮河边的时候,
前方已经没有路了。

八

晋平公听完浮游的叙述,
十分佩服他的忠贞和勇气,
他问浮游:"我可以为你做什么吗?"
浮游答道:"你是位圣明的国君,
我本无意冲撞,
只希望你能够准备太牢之礼①,
祭祀共工和颛顼,
等我的心愿完成,自然就会离开。"

九

次日,晋平公再次传召子产,
子产说:"浮游是忠贞的神,代表了神的旨意,
如果是在朝堂之内看到他,
说明国君昏庸无道,将会受到惩罚;
如果是在朝堂之外看到他,

---

①太牢之礼:盛放牲畜的食器和所盛放的三牲被称为"太牢",古代称盛放食物的器具为"牢",其中最大的叫"太牢"或"大牢",太牢盛放牛羊猪三牲,因此也把宴会或祭祀使用的三牲叫太牢。太牢之礼是古代最隆重的祭祀礼。

浮游答道:

"只希望你能够准备太牢之礼,

祭祀共工和颛顼,

等我的心愿完成,自然就会离开。"

说明国政不符合民意，国君应该对此做出反省；
如果是在门口看到他，
那么天下就要出乱子了；
而看到浮游在屏风之后窥伺，
并不会有任何祸患降临；
只要按照他的要求，
祭祀共工和颛顼，
那么陛下您的疾病很快就会痊愈。"

十

于是晋平公按照浮游的要求，
置备了牛、羊、猪三牲，
以隆重的礼制祭祀了共工和颛顼，
从此以后，他再也没有梦见过浮游；
没过多久，
他的病果然就好了。

次日,晋平公再次传召子产,
子产说:"只要按照他的要求,
祭祀共工和颛顼,
那么陛下您的疾病很快就会痊愈。"

【衍说】

据《列子·汤问篇》记载，昔日共工与颛顼争帝，共工战败，怒触不周山，使得天柱折断，地东南倾斜，才引来女娲补天等一系列的后续故事，故将共工忠臣浮游的故事置于女娲神话系列。本文所撰浮游故事，主要参阅了《太平御览》《左传》《晋语》等典籍，讲述了晋平公梦见赤熊窥屏，惊惧生病，所以召来子产解梦，引出忠臣浮游追随旧主，投江而亡的故事。此外，正文当中关于浮游拥有预测未来的神力这点，是笔者为了完善情节而作的增设。

北宋李昉等编纂的《太平御览》引《汲冢琐语》，记载了子产为晋平公解梦的故事，而《左传·昭公七年》当中也记载了韩宣子为晋侯解梦的故事，《说苑·辩物篇》同样有关于"黄熊入寝门"的记载，《论衡·死伪篇》提到了"鲧化黄熊"的传说，内容与"浮游化赤熊"大致相同。关于"子产解梦"，主要讲述了晋平公因梦生病，传子产破解梦境，以达到治病的目的。晋平公的梦，一说梦见鲧化为黄熊，一说梦见浮游化为赤熊。黄熊（能、罴）也好，赤熊也罢，不过是同一神话传说的分化和演变。文中主要采用的是"浮游化赤熊"这一说法。

熊（又有能、罴等说法）这一动物，在古代典籍中多有记载。《说文》释"熊"："兽，似豕，山居，冬蛰。从能，炎省声。凡熊之属皆从熊。"明朝医学典籍《本草约言》记载:"羆,大于熊貔,似虎猫,似虎而浅毛,三兽俱阳物,用同熊、虎。"在早期神话传说里,"熊"作为一种原始意象,往往作为远古时期的一种图腾崇拜呈现,本故事所提到的,常常出现在梦境中的熊,无疑正是这种原始意象的无意识体现。"熊"在古人的思维中还带有隐喻式特点。《诗经·小雅·斯干》:"吉梦维何?维熊维羆,维虺维蛇。大人占之:维熊维羆,男子之祥;维虺维蛇,女子之祥。"这里用熊罴代表男性,虺蛇代表女性,就是一种隐喻和象征。熊象征着强悍、威猛,以及死而复生的力量。古人也迷信梦,商周文献便已对占梦多有记载。在古人那里,梦并不是现实生活和心理的片段拼接与组合,而是神的神秘预示以及左右未来的重要因素。文中晋平公因梦见赤熊窥屏而惊慌,正是因为他重视梦的作用。

此外,晋平公看到屏风后的赤熊,因为害怕而生病,子产前来解梦,又引出一段忠臣殉主的神话传奇。对比共工的另一个臣子相柳,浮游的结局无疑充满了悲剧色彩,而造成这种结局的最主要的原因,是浮游的"忠"。共工的赏识和信任,使得浮游对他忠心耿耿,即使化为游荡人间的孤魂,浮游最大的愿望也是让梦见他的国君以隆重的礼节祭祀故主。韩愈在《马说》中称:"千里马常有,而伯乐不常有。"不得不说,能够遇到一位慧眼识珠的领导者,是一种运气;

俗话说"是金子总会发光的",但没有一定的际遇,没有能够辨别黄金的鉴宝师,金子可能也会埋没在乱石堆当中。现如今的社会,提到"忠",我们总喜欢在这个字前面加一个"愚"。孟子曾对齐宣王说:"君之视臣如手足,则臣视君如腹心;君之视臣如犬马,则臣视君如国人;君之视臣如土芥,则臣视君如寇仇。"君臣之道,并不是"君要臣死臣不得不死"的单方面尽忠,而应该是"士为知己者死"的赤诚。"忠"和"义"经常被放在一起谈论,古人重视"义"。《论语·里仁》云:"君子喻于义,小人喻于利。"在儒家思想中,"义"和"仁"一样,是用来区分君子和小人的标准。由此可见,"忠"在传统儒家道德观念中的重要性。这样说来,共工之于浮游,不单单只是他所追随的首领那么简单,因为共工能够看到浮游的闪光点,认可他的才能,使他得到重用,所以浮游也选择了一生追随,这是浮游的"忠",也是浮游的"义"。

忠贞的浮游

赤豆打鬼

刘勤 杨陈 撰
司琳 绘

【原典】

○（西汉）戴德《礼记·祭法》："共工氏之霸九州也，其子曰后土，能平九州，故祀以为社。"

○（西汉）刘安《淮南子·墬形训》："共工，景风之所生也。"

○（南朝梁）宗懔《荆楚岁时记》："冬至日，量日影，作赤豆粥，以禳（ráng）疫。"隋杜公瞻注曰："按共工氏有不才之子。以冬至日死，为疫鬼，畏赤小豆。故冬至日作赤豆粥以禳之。"

○（明）徐光启《农政全书》："赤豆，小而色赤，心之谷也。或云：'共工氏有不才子，以冬至死为疫鬼，而畏赤豆，故于是日作粥以厌之。'"

○（明）高濂《遵生八笺》引《五行书》："元日用麻子七粒，赤豆七粒，撒井中，避瘟疫。"

【今绎】

一

共工①是掌控洪水的水神。
他拥有蛇的身子,人的面庞。
他性格很急躁,
曾在一怒之下头撞不周山,
导致天柱折断、天地塌陷、天河倾泻。

二

共工性情暴戾,为人孤傲,
不懂得陪伴家人和照顾自己的孩子。
他又缺乏耐心,情绪常常失控,
所以,孩子们对他很是惧怕。

---

①共工:中国古代神话传说中的洪水之神。

共工是掌控洪水的水神。
他拥有蛇的身子，人的面庞。
他性格很急躁，
曾在一怒之下头撞不周山，
导致天柱折断、天地塌陷、天河倾泻。

与他的关系也谈不上融洽，
更谈不上能够感受到那如山的父爱。
于是，为了引起父亲的注意，得到更多的关爱，
孩子们纷纷各显其能。

三

在众多孩子中，有个没什么特殊才能的小男孩，
喜欢搞各种恶作剧，常做出一些出格的事情。
最后，惨死在某一年的冬至日。
他愤愤而终，死得冤枉。
其魂漂泊，最终化为疫鬼。

四

小男孩死后比生前更顽皮了，
总想着法子找人陪他一起寻乐子。
可他是疫鬼，浑身带着瘟疫，
人们都对他避而远之。
因此，他总变着花样出现在人们眼前：

他是疫鬼,浑身带着瘟疫,

人们都对他避而远之。

因此,他总变着花样出现在人们眼前。

有时,他变成一个机灵淘气的孩子,
扮着鬼脸,穿梭在老人和孩子中间,
逗得他们开心得合不拢嘴;
有时,他又化身成一个身强力壮的汉子,
装模作样地跑来帮女人们提装满衣服的竹篮。

五

在与老人、孩子、妇女接触的过程中,
疫鬼不自觉地把瘟疫都传给了他们。
孩子们身子弱、抵抗力差,疫情最为严重。
他们苔焦舌绛、头痛欲裂、神志不清、胡言乱语。
很快,这瘟疫就如同野火般肆意蔓延,
传染给了猪狗牛羊、飞禽走兽……
整个大地生灵涂炭、尸横遍野,
空气中弥漫着死亡的气息。

在与老人、孩子、妇女接触的过程中,
疫鬼不自觉地把瘟疫都传给了他们。
整个大地生灵涂炭、尸横遍野,
空气中弥漫着死亡的气息。

六

虽然疫鬼无意残害生灵,
但结果偏偏事与愿违。
整个人间都饱受着瘟疫之苦。
面对死气沉沉的景象,
人们纷纷匍匐在地,对着苍天祈祷:
"苍天呀,救救我们这些无助的老百姓吧!
疫鬼走到哪里,就把死亡带到哪里。
人间已经完全沦为地狱。"

七

人们哀切的祈祷声越过高山,穿过云层,传到了天庭。
天帝听到人们的祈祷,
从众多神将中选出了一个善于驱鬼的,
让他帮助百姓驱赶疫鬼。
神将在赶往人间的途中,
找来了驱百邪的神草——艾叶和菖蒲①。

---

①菖蒲:中国传统文化中可以防疫驱邪的灵草。中国端午节有在门口挂菖蒲驱鬼祛邪的习俗,一直流传至今。

人们纷纷匍匐在地,对着苍天祈祷:
"苍天呀,救救我们这些无助的老百姓吧!
疫鬼走到哪里,就把死亡带到哪里。
人间已经完全沦为地狱。"

他告诉百姓：

"人间遭此大劫，肯定是疫鬼在作怪。

你们将神草挂在门上，可以将疫鬼拒之门外，

再用神草浸泡过的水擦洗身体，就可以驱除疫病了。"

八

人们特别希望疫鬼能早日离开，

便迫不及待地将艾叶和菖蒲挂在门上。

可疫鬼轻轻一挥石子儿，

就把神草从门上打了下来。

人们的疫病也跟着反反复复。

神将见了，心里特别懊恼，

决定亲自去找疫鬼，

劝他早日离开人间。

九

神将找到疫鬼，对他说：

"你本来就不属于人间，为什么要流连人间、荼毒生灵呢？"

疫鬼说:"我觉得人间很有趣,人类特别好玩儿。"

神将反问道:"你知不知道,你给人间带来了多大的伤害?"

疫鬼轻描淡写地回答:"只要好玩儿就行了,我可管不了那么多。"

神将彻底被激怒了,开始口念驱疫的咒语。

疫鬼捂着耳朵立刻跑开了,

扯了团棉花塞在耳朵里,冲着神将做鬼脸。

十

神将无可奈何,气得直跺脚。

无意间,他看见身旁晾晒的赤豆,

就顺手抓了一把,朝疫鬼打去。

没想到,赤豆竟然化作一团团火球,

"呼哧呼哧"飞奔向疫鬼,

烧得他鬼哭狼嚎,抱头鼠窜,

疫鬼一声尖叫,化作一缕青烟,随风消散了。

十一

疫鬼虽然离开了,但疫病还没有完全祛除。
人们见疫鬼特别害怕赤豆,
便把剩下的赤豆都熬成了粥,喝了下去。
慢慢地,人们恢复了健康,人间也变得更加美好了。
由于疫鬼死于冬至,
也常在冬至前后游荡人间,传播瘟疫,
所以,人们常常在冬至煮赤豆粥,驱避疫鬼,防灾祛病。
如今的江南地区,
还保留着在冬至这一天喝赤豆粥的习俗呢!

所以,人们常常在冬至煮赤豆粥,驱避疫鬼,防灾祛病。

【衍说】

除了上面所说,共工氏有不才子冬至日死而为疫鬼传播疾病,神将使用赤豆打鬼之外,民间流传的赤豆打鬼故事还有另一个版本:传说颛顼的大儿子死后化为疫鬼,常常出没于江水流域,栖居在有人住的地方,专门吓唬小孩子,散布瘟疫,给人们带来灾难。晋干宝《搜神记》就记载:"昔颛顼氏有三子,死而为疫鬼。"古代医疗条件差,人们普遍认为,无论是大人还是孩子,只要是身体抱恙,肯定是疫鬼在作祟。而疫鬼常在腊月初八前后出没,将瘟疫带到人间。而且,除了赤豆,他什么都不怕。所以,民间有在腊月初八这一天熬赤豆粥祛疫迎祥的习俗。

民间盛行的在冬至喝赤豆粥的习俗与人们追求健康生活的愿望是紧密相连的。寒冬时节,天气寒冷,最容易招致疾病和邪祟。赤豆是红色的,红色代表血液,代表生命。远古时期,人们认为,人之所以会死亡,是因为红色的血液流尽了。因此,他们常常在死者周围撒上红色的粉末或者配上红色的物品,祛阴辟邪,保护死者免受侵害,让他的生命得以延续或是再生。此外,红色也是火的颜色,属阳,可以驱阴除邪,振奋正气,迎接吉祥。而且,以阴阳相克的观念来看,疫鬼属阴,无疑是害怕属阳的赤豆的。再加上赤豆本身具有解毒疗疮、利水祛湿的药用功效,所以,在冬至喝赤豆粥这一习俗又具有一定的养生价值,一直流传至今。

通常,中国古代传统的祭祀对象有天神、人鬼、地祇之分。在传统观念中,鬼和神有一定的差别。鬼源于对鬼魂的崇拜,而神源于对自然力、神秘力的崇拜。《礼记·祭义》说:"众生必死,死必归土,此之谓'鬼'。"东汉许慎《说文解字》释"鬼"曰:"人所归为鬼。"又释"神"说:"神,天神,引出万物者也。"从释义来看,人死后归土的为鬼,引出万物的是神。通常,在人们的观念里,鬼和神似乎又是一负一正、水火不容的。鬼害人不浅,代表着死亡、恐怖和地狱;而神造福百姓,代表着福祉、光明和天堂。

"鬼""神"两字也常被用来指神灵、精气。古代哲学家多用阴阳之变和气的往来屈伸来解释"鬼神"。如汉代王充《论衡》说:"鬼神,阴阳之名也。阴气逆物而归,故谓之鬼;阳气导物而生,故谓之神。"宋代朱熹《朱子语类》说:"鬼神只是气,屈伸往来者气也。"明代张自烈《正字通》说:"神,阳魂为神,阴魂为鬼;气之伸者为神,屈者为鬼。"在这里,逆物而归的阴气为鬼,导物而生的阳气为神,鬼神成了阴阳两气的不同体现。

值得注意的是,鬼的观念发展到后来,逐渐有了善恶之分。其中,既有专做"善事",维护"正义"的善鬼,如蒲松龄《聊斋志异》中的连琐、宦娘等;又有携带"罪恶",尽做"恶事"的恶鬼、虐鬼,如魑魅魍魉、小儿鬼、瘟疫鬼等。

赤豆打鬼

169

从人们口耳相传的民俗而言，那些匡扶正义、出类拔萃的鬼，甚至能在一定条件下转变为神。

九头相柳

刘勤 李远莉 撰
王舒啸 绘

【原典】

○（先秦）佚名《山海经·海外北经》："共工之臣曰相柳氏，九首，以食于九山。相柳之所抵，厥为泽溪。禹杀相柳，其血腥，不可以树五谷种。禹厥之，三仞三沮，乃以为众帝之台。在昆仑之北，柔利之东。相柳者，九首人面，蛇身而青。不敢北射，畏共工之台。台在其东。台四方，隅有一蛇，虎色，首冲南方。"

○（先秦）佚名《山海经·大荒北经》："共工之臣名曰相繇，九首蛇身，自环，食于九土。其所歍所尼，即为源泽，不辛乃苦，百兽莫能处。禹湮洪水，杀相繇，其血腥臭，不可生谷，其地多水，不可居也。禹湮之，三仞三沮，乃以为池，群帝因是以为台。在昆仑之北。"

○（战国）荀况《荀子·成相篇》："禹有功，抑下鸿，辟除民害逐共工。"

○（西汉）刘安《淮南子·览冥训》："往古之时，四极废，九州裂，天不兼覆，地不周载；火爁炎而不灭，水浩洋而不息，猛兽食颛民，鸷鸟攫老弱。于是女娲炼五色石以补苍天，断鳌足以立四极，杀黑龙以济冀州，积芦灰以止淫水。"

○（西汉）刘安《淮南子·本经训》："舜之时，共工振滔洪水，以薄空桑，龙门未开，吕梁未发，江淮流通，四海溟涬。民皆上丘陵，赴树木。舜乃使禹疏三江五湖，辟开伊阙，导廛涧，平通沟陆,流注东海。洪水漏,九州干,万民皆宁其性,是以称尧舜以为圣。"

○(晋)郭璞《山海经图赞》:"共工之臣,号曰相柳。禀此奇表,蛇身九首。恃力桀暴,终禽夏后。"

○(明)钟惺《夏商野史》:"其(相柳)血甚腥臭,其膏血滂流成渊水。血膏浸处,莫想栽得五谷,恶气难当。禹王命掘泥填塞,地亦陷坏。禹王乃命众掘以为血池,积土为众帝台。这台亦坚,在昆仑北、柔利东,上又有共工台,台四方隅。"

【今绎】

一

争帝失败的共工,一直想要报仇,
于是在舜帝时代,他发动了一场大洪水。
共工原本以为没了女娲的帮助,
洪水定会一发不可收拾,摧毁世上的一切!
不料,知人善任的舜帝派大禹前去治水。
大禹采用疏导的办法,很快就平息了水患,
进而率领部众讨伐共工,将他驱逐了出去。

二

共工的大臣相柳却没有随之离开。
人们感到十分疑虑,但看大禹没有反对,
也就任由相柳留了下来。
相柳是谁?
原来,他是母神女娲最初的创造。
与女娲一样,相柳也是人面蛇身,

还长着九个大脑袋,并且通身青绿。
但他不仅没有继承女娲的仁爱、宽厚,
而且还整天都在盘算如何毁灭人间,替共工复仇。

三

有一天,不知相柳又从哪里打听到:
在离部落不远的地方,有一个平坦的河谷,
那里的土壤非常肥沃,很适合农作物生长。
加之河谷被九座大山所包围,大河至此转了向,
河谷地区从来没有发生过水患。
于是舜帝就下令在这里栽种嘉禾①。
河谷就成了粮食主产区,滋养着这一带的百姓,
是大禹最看重的地方!
"可恶的禹,是时候让你见识一下我的厉害了!"
相柳心里暗想着,闪身来到河谷。

---

①嘉禾:泛指生长苗壮的禾稻。在古代,把一禾两穗,两苗共秀,三苗共穗等生长异常的禾苗称为"嘉禾"。人们认为它们是政治清明,天下太平的征兆。如《宋书·符瑞志》:"嘉禾,五谷之长,王者德盛,则二苗共秀。于周德,三苗共穗;于商德,同本异穟;于夏德,异本同秀。"

共工的大臣相柳,……
是母神女娲最初的创造。
与女娲一样,相柳也是人面蛇身,
还长着九个大脑袋,并且通身青绿。

四

相柳将整个蛇身盘在肥沃的河谷之间,
九个脑袋分别对着九座大山,张口一吸,
九座大山就打着旋儿飞进了相柳的嘴里,
"嘎嘣嘎嘣"几声后,就被他吞进了肚子。
没了高山的阻挡,河水瞬间就涌进了河谷,
四处漫溢,顷刻间就淹没了所有农田。
相柳欣赏着自己的"杰作",心里得意极了,
就摇头晃脑,哈哈大笑了起来。

五

笑声未落,相柳就看到了急忙赶来的大禹。
大禹放眼四望,阵阵心痛。他厉声质问相柳:
"大胆相柳!你肆意为祸人间,如何对得起母神赐你神力!"
相柳瞪着十八只眼睛在地上找了半天,
终于觑到还不及自己脚踝高的大禹,冷笑着说:
"不提则罢,提起女娲母神,我就一肚子火!
她补天治水,修正四维,袒护黄帝的统治,

共工本想休养百年，再图一争，你却将他驱逐！
我的希望就此破灭，我也要让你尝尝绝望的滋味！"

六

大禹义正辞严地说："当年，共工怒触不周山，
导致天河断裂，洪水四溢，人间一片惨状。
可百年过去，他仍不思悔改，重蹈覆辙。
为了天下的百姓，我必须要将他驱逐！"
听着大禹的话，相柳一阵冷笑，转身就走，
径直来到大禹率领民众所修筑的堤坝边。
相柳一甩尾巴，对着堤坝，重重地拍击下去，
原本夯实的堤坝一下子就垮了。
"轰隆"一声，蓄积的河水全都涌了出来，
如同一头刚刚冲出牢笼的猛兽，
张开血盆大口，咆哮着吞噬了无数的生命。

九头相柳

相柳瞪着十八只眼睛在地上找了半天,
终于觑到还不及自己脚踝高的大禹,冷笑着说:
"不提则罢,提起女娲母神,我就一肚子火!
她补天治水,修正四维,袒护黄帝的统治,
共工本想休养百年,再图一争,你却将他驱逐!
我的希望就此破灭,我也要让你尝尝绝望的滋味!"

七

紧跟而来的大禹,立刻意识到:
相柳的心里只有仇恨,如若不除,必生大患!
于是大禹当机立断,手持利斧迎着相柳而去。
但相柳的九头,能够观察六方①的情况,
大禹根本无法靠近相柳,更别提伤到他了。
相柳嘲讽道:"你不是最会治水吗? 那你就等着吧,
只要我不死,我就会不停地制造水灾,
给你'立功'的机会! 有本事,你就过来杀了我!"
大禹听到这些话,知道相柳是在挑衅他,想激怒他,
因此,大禹并不作答,
只是一边虚晃,一边暗暗观察着相柳。

八

慢慢地,大禹发现相柳的九头会跟随自己转动。
于是大禹围绕着九个大头,上下左右,不停翻飞,

---

①六方:六合,指东西南北和上下六个方位,泛指各个方位。《山海经·海外南经》:"地之所载,六合之间,四海之内,照之以日月,经之以星辰,纪之以四时,要之以太岁。"

于是大禹当机立断,手持利斧迎着相柳而去。
但相柳的九头,能够观察六方的情况,
大禹根本无法靠近相柳,更别提伤到他了。

引得相柳的九头也一直翻飞,最后居然缠在了一起。

大禹见此,立刻飞身上前,用力斩下了其中一个头。

可还没等他缓过气来,相柳被砍掉的头就又长了出来!

大禹大吃一惊:"相柳果然名不虚传,力量太强大了!

再这样下去,我必败无疑! 一定要找到他的死穴才行。"

大禹站定身,屏气凝神,思量半晌。

突然,他不断挥舞利斧,发散千百道寒光,直逼相柳。

相柳猝不及防,躲躲闪闪,始终护住一处,

几道光刚好劈过去,相柳整个身体都颤了颤。

定睛一看,原来那正是相柳的七寸①。

大禹有了主意。

九

大禹故意四处闪躲,

一方面是滋长相柳的傲气,

一方面是消耗相柳的力气。

等到相柳的尾巴越甩越慢,想停下休息的那一刻,

---

① 七寸:源自"打蛇打七寸",清王有光《吴下谚联·打蛇打在七寸》:"蛇有七寸,在头之下,腹之上,觑得清,击得重,制其要害之处,得之矣。"七寸也多用于比喻事物的关键点、弱点、要害部位。

大禹突然腾空而起,
手持利斧,对准相柳的七寸,用力砍下去!
"轰"的一声,九头相柳就倒在了地上。
一股腥臭无比的黑血也随之喷涌而出,
先是浸入地面,接着越淌越多,
最后竟然将土地都染成了黑色!

十

作恶多端的相柳终于被大禹斩杀了!
消息一传开,大家欢呼雀跃,以为从此天下太平了。
可谁也没想到,事情并没有结束,反而变得越来越糟糕:
相柳的血不断漫延,很快就将一整片土地全都浸泡为沼泽。
其味腥臭无比,散发出阵阵瘴气。
在那里,即便是最好的种子也无法生根发芽,
飞禽走兽全都跑光了,
人们不仅种不出粮食,还常常中毒身亡。
渐渐地,那里就成了一片死地。

大禹突然腾空而起,
手持利斧,对准相柳的七寸,用力砍下去!
"轰"的一声,九头相柳就倒在了地上。
一股腥臭无比的黑血也随之喷涌而出。

十一

可这么好的土地,就这样荒废了太可惜。

于是,大禹将众人召集到一起,说:

"河谷一带如今成了沼泽,根本无法耕种,

咱们必须填平沼泽,恢复生产,才能吃饱饭!"

谁不想再回到原来那般富足、安宁呢?

所以不等大禹说完,人们就纷纷响应,立马行动了起来。

男人们挖土填塞,女人们送饭送水,部落中一片忙碌之景。

但奇怪的是,沼泽每次一被填满,就塌了下去,

反反复复很多次,都没有成功。

百姓们议论纷纷:

"天哪! 这会不会是相柳的灵魂在作祟呀?"

"一定是相柳要报复我们! 这可怎么办呢?"

一时间,部落里人心惶惶。

十二

山神告诉大禹:"相柳一心复仇,被斩杀后必生怨念。
可他作为臣子,定然会惧怕帝王的威严,
所以要修建几座帝王台来震慑他。"
于是大家就在昆仑山的北边修建了帝王台。
可时间一天天过去,一切都没有发生改变。
大禹百思不得其解,暗自琢磨:
或许相柳忠于共工,他只敬畏共工吧!
所以大禹组织大家修建了一座共工台,
并在台的每一角都雕刻了一条蛇,以此来代表相柳。
果然,共工台刚修建完,沼泽就变成了农田。
后来,人们再也不敢北向而射了,
大概是表示对共工的尊敬,惧怕相柳再次作祟吧!

所以大禹组织大家修建了一座共工台,
并在台的每一角都雕刻了一条蛇,以此来代表相柳。
果然,共工台刚修建完,沼泽就变成了农田。
后来,人们再也不敢北向而射了。

【衍说】

蛇作为人类宗教史上受崇拜最早和最久的动物之一,其形象屡次出现在神话传说和宗教故事中。它们或是跟神有密切的关系,如印度教神话中的主神毗湿奴就躺在千头巨蛇的身上,《山海经》中也有神戴蛇、珥蛇、践蛇的记述;或其本身就是神、妖之属,如希腊神话中的蛇发女妖三姐妹(美杜莎、丝西娜、尤瑞艾莉),中国神话中"人面蛇身"的伏羲、女娲、共工等神。本文中的相柳即是神话传说中蛇形象的典型代表之一。

据《山海经》记载,相繇(相柳)九首蛇身而自环。自环就是指蛇咬住自己的尾巴,形成一个圆圈,西方将这种形态的蛇叫作"Ouroboros","oura"的意思是尾巴,而"boros"的意思是吃,所以"Ouroboros"的字面意思就是"食尾者",译为"衔尾蛇",象征着循环、永恒,历史的永续发展等。尤值得一提的是,在心理学上,衔尾蛇又被用于比喻自我尚未形成前的混沌状态。混沌就代表着包容,意味着多样,所以由混沌出发,神话故事中的蛇形象就在不断发展、演化,并呈现出丰富、多样的特点。比如在具体的象征层面上,蛇就具有阴险毒辣、吉祥尊贵的两面性和复杂性。它们有时是正义的使者,有时又是邪恶的化身。既代表光明,又崇尚黑暗。总体而言,神话传说、宗教故事中的蛇形象基本都与生命、智慧、死亡、罪恶等母题密切相关。

首先,蛇代表生殖与永生。一般而言,圆意味着循环与往复,所以神话学家坎伯认为,衔尾蛇所展现的就是生命的形象,代表着生命代代接续,不断再生。无独有偶,东汉石画像中的伏羲、女娲也呈现出一种蛇身相交以繁衍后代的形象。这些都与生命、繁殖直接相关。并且蛇是一种冷血动物,它们会在寒冷的冬季休眠,等气温回升后再苏醒,就如同重新活了过来。加之蛇类会周期性褪皮,古人认为褪皮就是褪去死亡的表现。所以他们认为蛇类具有重生之能,对其甚为崇拜。本文故事中的相柳在被大禹斩掉一个头后,并没有死亡,反而很快又长了出来,这正是重生的体现。

其次,蛇又代表着智慧。英国学者米兰达·布鲁斯-米特福德、菲利普·威尔金森在《符号与象征》一书中说:"蛇没有眼睑,仿佛一直都在凝视这个世界,这一特征也将蛇与智慧连在了一起。古埃及人将眼镜蛇视为圣物,认为它是王权与智慧的象征;毛利人认为蛇类象征着世俗智慧。在许多文化中,蛇类都是聪明、狡猾的中间人,负责调停天堂、人间与地狱。"就连希腊神话中的智慧女神雅典娜,在化身战神时所用的披风,也绣上了蛇的图案。在中国古代神话传说中,相柳既与创世母神女娲形态相似,又是共工的一位大臣,那么他很可能具有强大的神力,并且富有智慧与谋略,所以本文在情节上就有意突出了这一点。比如相柳深知肥沃的土壤、防洪的堤坝，对于当时的原始部落而言是非常重要的，它们一旦被破坏，就势必会给大禹造成极大的影响，所以相柳就故意制造洪水淹没河谷、摧毁大禹所筑的堤坝，力图让大禹功不成，名不就。

但生的反面就是死，所以负面的蛇形象一般又会与死亡、邪恶联系在一起。上述自环成圈的衔尾蛇，就代表了"死亡—重生"模式的不断复述，通过生与死这两个矛盾体的相互转化，将生死界线模糊化，生与死混杂为一体，生即是死，死即是生，甚至可以说永生乐园的旁边就是死亡深渊。并且在世界各地的神话传说中，都曾出现过邪恶的蛇形象，比如《圣经》中就是蛇引诱夏娃偷吃禁果，才使亚当和夏娃被上帝惩罚，人类也就有了原罪。相似的内容在中国古代神话中也可窥见。比如，同样都是"人面蛇身"，伏羲与女娲作为中华民族的始祖神，就充满了仁爱厚德。但文中的相柳却是一位复仇之神，心里充满了仇恨的邪念，为了一己之私而不顾百姓生死，肆意破坏人间，最终被大禹所斩杀。

其实蛇形象与生命、智慧、死亡、罪恶等母题相关，也反映出神话是人类早期的思维形式和生活写照。它既充满了浪漫瑰丽的想象，也记录了当时人类最真实的感受。正是由于古人不能正确认识蛇类的生物特质，所以在他们眼中，蛇显得那般神秘、独特。这就使得神话中的蛇有了多样的形象与复杂的内涵。结合本文而言，文中所塑造的相柳形象，基本遵从于《山海经》《淮南子》等古籍中的原始记载，主要保留了古神话中相柳形象的邪恶性。同时将文献中相柳、大禹关系的零散记载进行整合、完善，以相柳、大禹之间的矛盾作为故事主线，在刻画相柳形象的同时也展现出大禹的仁德与智慧。

后 记

　　本来打算于年初出版的这套新书《中华远古神话衍说·三皇五帝》(共八本)，因为疫情的影响，只得延后出版。不过，这也才使原本因为忙碌而缺失的后记有机会补上。

　　2020年春节，这场突如其来的新冠肺炎，一方面拉大了人与人之间的距离，甚至于隔绝或永别，另一方面也无形中缩短了人们心灵的距离。泱泱中华，空前团结，用德行感动着世界。疫情如同一面照妖镜，照出世间百态，照出国际风云。与此同时，也放慢了我们的脚步，让我们有了更多时间去回忆、去思考、去展望。

　　诚然，中华民族自古以来就具有勇于担当、不畏艰险的精神。这套丛书里的故事，无论是大家比较熟悉的《夸父逐日》《精卫填海》《女娲补天》等，还是比较陌生的《青要山女罗》《黄帝斩恶夔》《孤独的旱魃》等，无不体现着这种精神。中华民族还是个崇尚天道、充满仁爱的礼仪之邦，这体现在《三年成都》《承云之歌》《凤鸟立志》等故事中。此外，中国古代的民主和法制精神，同样也可以在本丛书的故事中找到，如《绝地通天》《后土与噎鸣》《陆吾和英招》等。甚至有对人性的思索，如《简狄和建疵》《神奇的大耳国》《月仙泪》等。当然,每一篇神话故事,我们若从不同的角度去思考和解读,又会有不同层面的获得。但有一点是共通的,那就是我们在祖述我们伟大祖先和神话英雄的同时,难道不也正是在千百遍地肯定着、传播着这些精神吗?统而言之,与西方神灵崇尚个人主义、高高在上不同,中国神灵崇尚家国天下,始终关怀着民生、代表着民意。

荣格早就指出,对于散失了灵魂的现代人来说,神话意味着重新教会我们做人。坎贝尔用他神话学专业的敏感告诉人们,古老神话永恒地释放着正能量。关于神话,摩尔根、马克思、恩格斯,其实都有过卓有见识的探索,对于其中所蕴含的人类智慧质素,也从不吝赞美。神话思维,与务实、中庸等一样,同样是我们这个民族的基因。

神话是一个民族的根。它连接着古代与现代,使伟大祖先和神话英雄们的血液仍在我们身体里汨汨流淌。传承是我们信仰的核心。越是久远,越是本质。朋友们,跟随这套书,来进行我们的文化寻根吧!不仅是自己的寻根、孩童的寻根,更是每一位中华儿女的寻根。这不是历史的考证的寻根,而是想象的心理的寻根,这才是真正的本质的寻根,才是"我从哪里来""我要到哪里去"的寻根。所寻之根,血脉之源,生命所系,民族所倚,万物所梦。

我写这套书有几个促因。

以我个人在神话研究领域的工作来说,这是我所做努力的第二个阶段。第一个阶段是从性别文化的角度对中国古代神话做整体性研究。2004年的夏天,我师从恩师李诚先生进行硕士阶段的学习,由此开始了我的神话研究之旅。后来,我的博士研究方向,依然是中国古代神话。在恩师项楚先生的指导下,三年的深耕细作,别有洞天。工作以后,在忙碌的教学之余,我仍然舍不得放弃神话研究,先后主持完成了"女性神灵研究""性别文化视域下的神话叙事研究""从厕神看中国文化的基质与动力""中国厕神信仰考论"等神话类课题。尤其是2014年我主持国家社科基金项目"中国厕神信仰考论"时,对中国神话的存在状态和意义又有了新的认知。我渐渐感受到,中国是不缺乏优秀文化的。

同年10月15日,习总书记在北京全国文艺工作座谈会上指出,文化是民族生存和发展的重要力量,文化自信是更基础、更广泛、更深厚的自信。因此,当代社会需要结合新的时代条件传承和弘扬中华优秀传统文化,不断增强中华优秀传统文化的生命力、影响力,增强中华儿女的文化自信,实现中华文化的创造性转化和创新性发展。

在此过程中,越来越多的人参与到传承经典、发扬文明的大潮中来,近年掀起的"国学热"就是其中一例。我理解,"文化自信"的本质,就是对民族之根的自信;"国学热"的背后,就是对民族之根的追求。如前所述,中国神话连接着古代与现代。时至今日,伟大祖先和神话英雄们的血液仍在我们身体里汩汩流淌。中国神话,是最相宜的寻根之路。随后我便开设了一门选修课"中国古代神话"。在授课的过

后记

程中,很多学生对神话非常感兴趣。我在梳理神话原典的同时,也常加上自己的研究心得,拓展开来,不知不觉讲了一个学期。不过那时,我的主要精力不在此,对神话的普及工作还未做深入的思考。

2015年5月,我的女儿上颐满三岁。她开始对神话特别感兴趣。这时,我也有机会开始系统搜罗神话普及类读物。但结果却让我疑惑:怎么会没有写给我女儿的神话故事呢?在中国的大地上,竟然西方神话故事多于中国神话故事,难道中国神话故事就那么寥寥无几吗?百年来,中国神话研究已经取得了丰硕的成果,但这些研究成果被束之高阁,大众无法触及。市面上的神话读物,大体有以下几个倾向。第一,故事重复、陈旧。第二,或是死守原典的直接翻译,或是无甚依据的随意改编。第三,也有取材于学术论著者,但专业性太强而大众审美性、可读性不足。第四,教育意义比较单一、生硬,未能与时俱进。而且,最为关键的是,大众对神话的理解并没有比一百年前更先进。神话本是一个民族的根,却被误认为是迷信;它本是一个国家的自信,而被误认为不切实际;它本是如今仍然汩汩流淌在我们身体里的鲜血,却被误认为是早已僵死在氏族时代的枯槁。正值经典阐释如火如荼的时代,我们为何唯独忘了神话?一想到这里,我便萌生出做一套大众类神话读物的愿想,产生了讲好中国神话故事的想法,甚至努力暂时撇开日常杂事,试着从专业学科的角度来思考谋划。一方面,可以讲给女儿听听，也算我作为母亲的一片心意。另一方面，也想弥补"国学热"中的一个缺环。

不久，好友许诗红的"力文斋"画室搞活动，邀请我去做嘉宾。她是个非常出色的画家，一手创办的"力文斋"也已经走过了21个春秋。多少孩子在这里收获了精湛的画艺、脱俗的审美，以及精彩的人生，她大概已经记不清了。那天，我们举办了"你讲我画"活动，即我讲神话故事，孩子们绘画。活动非常成功。后来我的朋友、学生们也积极参与进来。此后，我们又在成都周边的多所学校中多次组织这类活动，取得了很好的效果。这段随缘经历不仅让我获得了不少"讲故事"的技巧，更让我了解了大众（尤其是青少年儿童）对于神话故事的渴求、对于文化寻根的执着。与此同时，我要出版一套普及类中国古代神话小书的愿想更加迫切了，而且书写形式也更明晰了。

让我感到无比幸福的是，不少朋友听说这件事后主动给我打电话、发微信，表示对这套小书很感兴趣，希望在条件允许的情况下，能出一份绵薄之力。他们有的是大学教授、高级教师、律师、作家、心理咨询师等已经工作了的"社会人"，有的是我一手带大的研究生"娃娃"。李进宁、严焱、高蓉、付雨桁、税小小等参与部分文本写作；王自华、杨陈、王春宇、李远莉、苏德等不仅参与部分文本写作，还参与了出版前的校对工作；安艳月、王舒啸、韩玲等参与部分插画的绘制……凡为此书有过贡献者，我均已署名，在此不一一列举。特别是在我出国客座那一年,上述诸君为此书付出的心血与精力,是非常令人动容的。此间的汗水与泪水,狮子山下的509专家工作室可以见证;此间的情谊与幸福,早已经浸润在我们共同的作品中。

此外,我还特别感谢施维、陶人勇、肖卫东、许诗红等老师的指导,以及李诚、刘跃进、叶舒宪、周明等先生的推荐。感谢生活·读书·新知三联书店慧眼识珠,不遗余力地给予支持。正如前言所说,这套书的创新性是显而易见的,但是肯定还存在着不少问题,真切希望各位读者能不吝赐教,以便于我们进一步改进,讲好中国故事。

弹指五载,白驹过隙。启动此事,米儿才三岁,转眼就八岁了。参与者中有好几位母亲,应该和我感同身受吧!插画小组的韩玲,我初见她时,还是个苗条的小姑娘,转眼就做母亲了。我总预感,读者不仅能从这套丛书中读到有趣的神话,肯定也能嗅出几分母爱的天性吧!

最后,谨以此书献给雷上颐、林子言、梁泠芘、王晨曦、王艺晗小朋友。

是为记。

彦序　上颐斋
2020 年 4 月 29 日